国学典藏·线装书系

【插图版】

封神演義

第三册

〔明〕许仲琳·著

时代出版传媒股份有限公司
黄山书社

第三十六回　张桂芳奉诏西征

诗曰：

奉诏西征剖玉符，幡幢飘飏映长途。
惊看画戟翻钱豹，更羡冰花拂剑凫。
张桂擒军称号异，风林打将仗珠殊。
纵然智巧皆亡败，无奈天心恶独夫。

话说晁雷离了西岐，星夜进五关，过渑池，渡黄河，往朝歌，非止一日，进了都城，先至闻太师府来。太师正在银安殿闲坐，忽报：『晁雷等令。』太师急令至帘前，忙问西岐光景。晁雷答曰：『末将兵至西岐，彼时有南宫适搦战。末将出马，大战三十合，未分胜败，两家鸣金。次日，晁田大战辛甲，辛甲败回。连战数日，胜败未分。奈因汜水关韩荣不肯应付粮草，三军慌乱。大抵粮草乃三军之性命，末将不得已，故此星夜来见太师。望乞速发粮草，再加添兵卒，以作应援。』闻太师沉吟半晌，曰：『前有火牌令箭，韩荣为何不发粮草应付？晁雷，你点三千人马，粮一千，星夜往西岐接济。等老夫再点大将，共破西岐，不得迟误。』晁雷领令，速点三千人马，粮草一千，暗暗来带家小，出了朝歌，星夜往西岐去了。有诗为证：

妙算神机世所稀，太公用计亦深微。

当时慢道欺闻仲，此后征诛事渐非。

话说闻太师发三千人马，粮草一千，命晁雷去了三四日。忽然想起：『汜水关韩荣为何不肯支应？其中必有缘故！』太师焚香，将三个金钱搜求八卦妙理玄机，算出其中情由，太师拍案大呼曰：『吾失打点，反被此贼诓了家小去了！气杀吾也！』欲点兵追赶，去之已远。随问徒弟吉立、余庆：『今令何人可伐西岐？』吉立曰：『老爷欲伐西岐，非青龙关张桂芳不可。』太师大悦：随发火牌、令箭，差官往青龙关去讫。一面又点神威大将军丘引，交代镇守关隘。

话说晁雷人马出了五关，至西岐，回见子牙，叩头在地：『丞相妙计，百发百中。今末将父母妻子俱进都城。丞相恩德，永矢不忘！』又把见闻太师的话说了一遍。子牙曰：『闻太师必点兵前来征伐，此处也要防御打点，有场大战。』按下不表。

且说闻太师的差官到了青龙关，张桂芳得了太师令箭、火牌。交代官乃神威大将军丘引。张桂芳把人马点十万，先行官姓风，名林，乃风后苗裔。等至数日，丘引来到，交代明白。张桂芳一声炮响，十万雄师尽发；过了些府、州、县、道，夜住晓行。怎见得，有诗为证：

浩浩旌旗滚，翩翩绣带飘。枪缨红似火，刀刃白如镣。

斧列宣花样，幡摇豹尾翛。鞭锏瓜槌棍，征云透九霄。

子牙曰：『黄将军，张桂芳用兵如何？』

飞虎曰：『丞相下问，末将不得不以实陈。』

三军如猛虎，战马怪龙袅。
鼓擂春雷振，锣鸣地角遥。
桂芳为大将，西岐事更昭。

话说张桂芳大队人马非止一日。哨探马报入中军：『启总兵：人马已到西岐。』离城五里安营，放炮呐喊，设下宝帐，先行参谒。桂芳按兵不动。

话说西岐报马报入相府：『张桂芳领十万人马，南门安营。』子牙升殿，聚将共议退兵之策。子牙曰：『黄将军，张桂芳用兵如何？』飞虎曰：『丞相下问，末将不得不以实陈。』子牙曰：『将军何故出此言？吾与你皆系大臣，为主心腹，何故说「不得不实陈」者何也？』飞虎曰：『张桂芳乃左道旁门术士，有幻术伤人。』子牙曰：『有何幻术？』飞虎曰：『此术异常。但凡与人交兵会战，必先通名报姓。如末将叫黄某，正战之间，他就叫：「黄飞虎不下马更待何时！」末将自然下马。故有此术。似难对战。丞相须吩咐众位将军，但遇桂芳交战，切

不可通名。如有通名者，无不获去之理。』子牙听罢，面有忧色。旁有诸将不服此言的，道：『岂有此理！哪有叫名便下马的？若这等，我们百员官将只消叫的百十声，便都拿尽。』众将官俱各含笑而已。

且说张桂芳命先行官风林先往西岐见头阵。风林上马，往西岐城下请战。报马忙进相府：『启丞相：有将搦战。』子牙问：『谁见首阵走一遭？』内有一将，乃文王殿下姬叔乾也。此人性如烈火，因夜来听了黄将军的话，故此不服，要见头阵。上马抡枪出来。只见翠蓝幡下一将，面如蓝靛，发似朱砂，獠牙生上下。怎见得：

花冠分五角，蓝脸映须红。金甲袍如火，玉带扣玲珑。

手提狼牙棒，乌骓猛似熊。胸中藏锦绣，到处定成功。

封神为吊客，先锋自不同。大红幡上写，首将姓为风。

话说姬叔乾一马至军前，见来将甚是凶恶，问曰：『来将可是张桂芳？』风林曰：『非也。吾乃张总兵先行官风林是也。奉诏征讨反叛。今尔主无故背德，自立武王，又收反臣黄飞虎，助恶成害。天兵到日，尚不引颈受戮，乃敢拒敌大兵！快早通名来，速投棒下！』姬叔乾大怒曰：『天下诸侯，人人悦而归周，天命已是有在；怎敢侵犯西土，自取死亡。今日饶你，只叫张桂芳出来！』风林大骂：『反贼焉敢欺吾！』纵马使两根狼牙棒飞来直取。姬叔乾摇枪急架相还。二马相交，枪棒并举，一场大战。怎见得：

二将阵前各逞，锣鸣鼓响人惊。该因世上动刀兵，不由心头发恨。枪来哪分上下？棒去两眼难睁。你拿我，诛身

报国辅明君；我捉你，枭首辕门号令。

二将战有三十余合，未分胜败。姬叔乾枪法传授神妙，演习精奇，浑身罩定，毫无渗漏。风林是短家伙，攻不进长枪去，被姬叔乾卖个破绽，叫声：『着打！』风林左脚上中了一枪。风林拨马逃回本营。姬叔乾纵马赶来；不知风林乃左道之士，逞势追赶。风林虽是带伤，法术无损；回头见叔乾赶来，口里念念有词，把口一吐，一道黑烟喷出，就化为一网；里边现一粒红珠，有碗口大小，望姬叔乾劈脸打来。可怜！姬殿下乃文王第十二子，被此珠打下马来。风林勒回马，复一棒打死，枭了首级，掌鼓回营，见张桂芳报功。桂芳令：『辕门号令。』

且说西岐败残人马进城，报于姜丞相。子牙知姬叔乾阵亡，郁郁不乐。武王知弟死，着实伤悼。诸将切齿。次日，张桂芳大队排开，坐名请子牙答话。子牙曰：『不入虎穴，焉得虎子。』随传令：『摆五方队伍。』两边摆列鞭龙降虎将，打阵众英豪。出城，只见对阵旗幡脚下有一将，银盔素铠，白马长枪，上下似一块寒冰，如一堆瑞雪。怎见得：

顶上银盔排凤翅，连环素铠似秋霜。
白袍暗现团龙滚，腰束羊脂八宝厢。
护心镜射光明显，四面铜挂马鞍旁。
银合马走龙出海，倒提安邦白杵枪。

胸中炼就无穷术，授秘玄功实异常。

青龙关上声名远，纣王驾下紫金梁，

素白旗上书大字：『奉敕西征张桂芳』。

话说张桂芳见子牙人马出城，队伍齐整，纪法森严，左右有雄壮之威，前后有进退之法。金盔者，英风赳赳；银盔者，气概昂昂。

一对对出来，其实骁勇。又见子牙坐青鬃马，一身道服，落腮银须，手提雌雄宝剑。怎见得，有《西江月》为证：

鱼尾金冠鹤氅，丝绦双结乾坤。

雌雄宝剑手中拎，八卦仙衣内衬。

善能移山倒海，惯能撒豆成兵。

仙风道骨果神清，极乐神仙临阵。

张桂芳又见宝纛幡下，武成王黄飞虎坐骑提枪，心下大怒，一马闯至军前；见子牙而言曰：『姜尚，你原为纣臣，曾受恩禄，为何又背朝廷，而助姬发作恶，又纳叛臣黄飞虎，复施诡计，说晁田降周；恶大罪深，纵死莫赎。吾今奉诏亲征，速宜下马受缚，以正欺君叛国大罪。尚敢抗拒天兵，只待踏平西土，玉石俱焚，那时悔之晚矣。』子牙马上笑曰：『公言差矣！岂不闻「贤臣择主而仕，良禽相木而栖」，天下尽反，岂在西岐！料公一忠臣，也不能辅

次日，张桂芳亲往城下搦战。探马报入丞相府曰：『张桂芳搦战。』

纣王之稔恶。吾君臣守法奉公，谨修臣节。今日提兵，侵犯西土，乃是公来欺我，非我欺足下。倘或失利，遗笑他人，深为可惜。不如依吾拙谏，请公回兵，此为上策。毋得自取祸端，以遗伊戚。』桂芳曰：『闻你在昆仑学艺数年，你也不知天地间有无穷变化。据你所言，就如婴儿作笑，不识轻重。你非智者之言。』令先行官：『与吾把姜尚拿了！』风林走马出阵，冲杀过来。只见子牙旗门角下一将，连人带马，如映金赤日玛瑙一般，纵马舞刀，迎敌风林，乃大将军南宫适；也不答话，刀棒并举，一场大战。怎见得：

二将阵前把脸变，催开战马心不善。这一个指望万载把名标；那一个声名留在金銮殿。这一个钢刀起去似寒冰；那一个棒举虹飞惊紫电。自来恶战果蹊跷，二虎相争心胆颤。

话说二将交兵，只杀的征云绕地，锣鼓喧天。且说张桂芳在马上又见武成王黄飞虎在子牙宝纛幡脚下，怒纳不往，纵马杀将过来。黄飞虎也把五色神牛催开，大骂：『逆贼！怎敢冲吾阵脚！』牛马相交，双枪

并举，恶战龙潭。张桂芳仗胸中左道之术，一心要擒飞虎。二将酣战，未及十五合，张桂芳大叫：『黄飞虎不下骑更待何时！』飞虎不由自己，撞下鞍鞒。军士方欲上前擒获，只见对阵上一将，乃是周纪，飞马冲来，抡斧直取张桂芳；黄飞彪、飞豹二将齐出，把飞虎抢去。周纪大战桂芳；张桂芳掩一枪就走。周纪不知其故，随后赶来。张桂芳知道周纪，大叫一声：『周纪不下马更待何时！』周纪掉下马来。及至众将救时，已被众士卒生擒活捉，拿进辕门。且说风林战南宫适：风林拨马就走，南宫适也赶去，被风林如前，把口一张，黑烟喷出，烟内现碗口大小一粒珠，把南宫适打下马来，生擒去了。张桂芳大获全胜，掌鼓回营。子牙收兵进城，见折了二将，郁郁不乐。

且说张桂芳升帐，把周纪、南宫适推至中军，张桂芳曰：『立而不跪者何也？』南宫适大喝：『狂诈匹夫！将身许国，岂惜一死！既被妖术所获，但凭汝为，有甚闲说！』桂芳传令：『且将二人囚于陷车之内，待破了西岐，解往朝歌，听圣旨发落。』不题。次日，张桂芳亲往城下搦战。探马报入丞相府曰：『张桂芳搦战。』子牙因他开口叫名字便落马，故不敢传令，且将『免战牌』挂出去。张桂芳笑曰：『姜尚被吾一阵便杀得「免战牌」高悬！』故此按兵不动。

且说乾元山金光洞太乙真人坐碧游床运元神，忽然心血来潮，早知其故。命金霞童儿：『请你师兄来。』童儿领命，来桃园见哪吒，口称：『师兄，老爷有请。』哪吒至蒲团下拜。真人曰：『此处不是你久居之所。你速往西岐，去佐你师叔姜子牙，可立你功名事业。如今三十六路兵伐西岐，你可前去辅佐明君，以应上天垂象。』哪吒满心欢喜，即刻辞别下山；上了风火轮，提火尖枪，斜挂豹皮囊，往西岐来，怎见得好快，有诗为证：

风火之声起在空，遍游天下任西东。
乾坤顷刻须臾到，妙理玄功自不同。

话说哪吒顷刻来到西岐，落了风火轮，找问相府。左右指引：『小金桥是相府。』哪吒至相府下轮。左右报入：『有一道童求见。』子牙不敢忘本，传令：『请来。』哪吒至殿前，倒身下拜，口称：『师叔。』子牙问曰：『你是哪里来的？』哪吒答曰：『弟子是乾元山金光洞太乙真人徒弟，姓李，名哪吒；奉师命下山，听师叔左右驱使。』子牙大喜，未及温慰，只见武成王出班，称谢前救援之德。哪吒问：『有何人在此伐西岐？』黄飞虎答曰：『有青龙关张桂芳，左道惊人，连擒二将。姜丞相故悬「免战牌」在外。』哪吒曰：『吾既下山来佐师叔，岂有袖手旁观之理。』哪吒来见子牙曰：『师叔在上：弟子奉师命下山，今悬「免战」，此非长策；弟子愿去见阵，张桂芳可擒也。』子牙许之；传令：『去了「免战牌」。』彼时探马报与张桂芳：『西岐摘了「免战牌」。』桂芳谓先行风林曰：『姜子牙连日不出战，哪里取得救兵来了。今日摘去「免战牌」，你可去搦战。』先行风林领令出营，城下搦战。探马报入相府。哪吒答言曰：『弟子愿往。』子牙曰：『是必小心。桂芳左道，呼名落马。』哪吒答曰：『弟子见机而作。』即蹬风火轮，开门出城。见一将蓝靛脸，朱砂发，凶恶多端，用狼牙棒，走马出阵，见哪吒脚踏二轮，问曰：『汝是何人？』哪吒答曰：『吾乃姜丞相师侄李哪吒是也。尔可是张桂芳——专会呼名落马的？』风林曰：『非也。吾乃是先行官风林。』哪吒曰：『饶你不死，只唤出张桂芳来！』风林大怒，纵马使棒来取。哪吒手内枪两

相架隔。轮马相交，枪棒并举，大战城下。有诗为证：

下山首战会风林，发手成功岂易寻。
不是武王洪福大，西岐城下事难禁。

话说二将大战二十回合，风林暗想：『观哪吒道骨稀奇，若不下手，恐受他累。』掩一棒，拨马便走。哪吒随后赶来。前走一似猛风吹败叶，后随恰如急雨打残花。风林回头一看，见哪吒赶来，把口一张，喷出一道黑烟，烟里现碗口大小一珠，劈面打来。哪吒答曰：『此术非是正道。』哪吒用手一指，其烟自灭。风林见哪吒破了他的法术，厉声大叫：『气杀吾也！敢破吾法术！』勒马复战，被哪吒豹皮囊取出那乾坤圈，丢起，正打风林左肩甲，只打的筋断骨折，几乎落马，败回营去。哪吒打了风林，立在辕门，坐名要张桂芳。且说风林败回进营，见桂芳备言前事。又报：『哪吒坐名搦战。』张桂芳大怒，忙上马提枪出营，一见哪吒耀武扬威，张桂芳问曰：『踏风火轮者可是哪吒么？』哪吒答曰：『然。』张桂芳曰：『你打吾先行官，是尔？』哪吒大喝一声：『匹夫！说你善能呼名落马，特来会尔！』把枪一晃来取。桂芳急架相迎。轮马相交，双枪并举，好场杀：一个是莲花化身灵珠子；一个是『封神榜』上一丧门。有赋为证：

征云笼宇宙，杀气绕乾坤！这一个展钢枪要安社稷；那一个踏双轮发手无存。这一个为江山以身报国；那一个争世界岂肯轻论？这一个枪似金鳌搅海；那一个枪似大蟒翻身。几时才罢干戈事，老少安康见太平。

话说张桂芳大战哪吒三四十回合。哪吒枪乃太乙仙传，使开如飞电绕长空，似风声吼玉树。张桂芳虽是枪法精传，也自雄威，力敌不能久战，随用道术，要擒哪吒。桂芳大呼曰：『哪吒不下轮来更待何时！』哪吒也吃一惊，把脚登定二轮，却不得下来。桂芳见叫不下轮来，大惊：『老师秘授之吐语捉将，道名拿人，往常响应，今日为何不准！』只得再叫一声。哪吒只是不理。连叫三声，哪吒大骂：『失时匹夫！我不下来凭我，难道勉强叫我下来！』张桂芳大怒，努力死战。哪吒把枪紧一紧，似银龙翻海底，如瑞雪满空飞，只杀的张桂芳力尽筋舒，遍身汗流。哪吒把乾坤圈飞起来打张桂芳。不知性命如何，且听下文分解。

第三十七回　姜子牙一上昆仑

诗曰：

子牙初返玉京来，遥见琼楼香雾开。
绿水流残人世梦，青山消尽帝王才。
军民有难干戈动，将士多灾异术催。
无奈封神天意定，岐山方去筑新台。

话说哪吒一乾坤圈把张桂芳左臂打得筋断骨折，马上晃了三四晃，不曾闪下马来。哪吒得胜进城。探马报入相府。令：『哪吒来见。』子牙问曰：『与张桂芳见阵，胜负如何？』哪吒曰：『被弟子乾坤圈打伤左臂，败进营里去了。』子牙又问：『可曾叫你名字？』哪吒曰：『桂芳连叫三次，弟子不曾理他罢了。』众将不知其故。但凡精血成胎者，有三魂七魄，被桂芳叫一声，魂魄不居一体，散在各方，自然落马；哪吒乃莲花化身，浑身俱是莲花，哪里有三魂七魄？故此不得叫下轮来。

且说张桂芳打伤左臂，先行官风林又被打伤，不能动履，只得差官用告急文书，往朝歌见闻太师求援。不表。

且说子牙在府内自思：『哪吒虽则取胜，恐后面朝歌调动大队人马，有累西土。』子牙沐浴更衣，来见武王。朝见毕，武王曰：『相父见孤，有何紧事？』子牙曰：『臣辞主公，往昆仑山去一遭。』武王曰：『兵临城下，将至濠

子牙出宫，有南极仙翁送子牙。

边，国内无人，相父不可逗留高山，使孤盼望。』子牙曰：『臣此去，多则三朝，少则两日，即时就回。』武王许之。子牙出朝，回相府，对哪吒曰：『你与武吉好生守城，不必与张桂芳厮杀；待我回来，再作区画。』哪吒领命。子牙吩咐已毕，随借土遁往昆仑出来。怎见得，有诗为证：

玄里玄空玄内空，妙中妙法妙无穷。
五行道术非凡术，一阵清风至玉宫。

话说子牙从土遁到得麒麟崖，落下土遁，见昆仑光景，嗟叹不已。自想：『一离此山，不觉十年。如今又至，风景又觉一新。』子牙不胜眷恋。怎见得好山：

烟霞散彩，日月摇光。千株老柏，万节修篁。千株老柏，带雨满山青染染；万节修篁，含烟一径色苍苍。门外奇花布锦，桥边瑶草生香。岭上蟠桃红锦烂，洞门茸草翠丝长。时闻仙鹤唳，每见瑞鸾翔。仙鹤唳时，声振九皋霄汉远；瑞鸾翔处，毛辉五色彩云光。白鹿玄猿时隐现，

青狮白象任行藏。细观灵福地，果乃胜天堂。

子牙上昆仑，过了麒麟崖，行至玉虚宫，不敢擅入；在宫前等候多时，只见白鹤童子出来。子牙曰：『白鹤童儿，与吾通报。』白鹤童子见是子牙，忙入宫至八卦台下，跪而启曰：『姜尚在外听候玉旨。』元始点首：『正要他来。』童儿出宫，口称：『师叔，老爷有请。』子牙台下倒身拜伏：『弟子姜尚愿老师父圣寿无疆！』元始曰：『你今上山正好。命南极仙翁取「封神榜」与你。可往岐山造一封神台。台上张挂「封神榜」，把你的一生事俱完毕了。』子牙跪而告曰：『今有张桂芳，以左道旁门之术，征伐西岐。弟子道理微末，不能治伏。望老爷大发慈悲，提拔弟子。』元始曰：『你为人间宰相，受享国禄，称为「相父」。凡间之事，我贫道怎管得你的尽。西岐乃有德之人坐守，何怕左道旁门。事到危急之处，自有高人相辅。此事不必问我，你去罢。』子牙不敢再问，只得出宫。才出宫门首，有白鹤童儿曰：『师叔，老爷请你。』子牙听得，急忙回至八封台下跪了。元始曰：『此一去，但凡有叫你的，不可应他。若是应他，有三十六路征伐你。东海还有一人等你，务要小心。你去罢。』子牙出宫，有南极仙翁送子牙。子牙曰：『师兄，我上山参谒老师，恳求指点，以退张桂芳，老师不肯慈悲，奈何，奈何！』南极仙翁曰：『上天数定，终不能移。只是有人叫你，切不可应他，着实要紧！我不得远送你了。』子牙捧定『封神榜』，往前行至麒麟崖，才驾土遁，脑后有人叫：『姜子牙！』子牙曰：『当真有人叫。不可应他。』后边又叫：『子牙公！』也不应。又叫：『姜丞相！』也不应。连声叫三五次，见子牙不应，那人大叫曰：『姜尚，你忒薄情而忘旧也！你今就

做丞相，位极人臣，独不思在玉虚宫与你学道四十年，今日连呼你数次，应也不应！』子牙听得如此言语，只得回头看时，见一道人。怎见得，有诗为证：

头上青巾一字飘，迎风大袖衬轻绡。
麻鞋足下生云雾，宝剑光华透九霄。
葫芦里面长生术，胸内玄机隐六韬。
跨虎登山随地是，三山五岳任逍遥。

话说子牙一看，原来是师弟申公豹。子牙曰：『兄弟，吾不知是你叫我。我只因师尊吩咐，但有人叫我，切不可应他。我故此不曾答应。得罪了！』申公豹问曰：『师兄手里拿着是甚么东西』子牙曰：『是「封神榜」。』公豹曰：『哪里去？』子牙道：『往西岐造封神台，上面张挂。』申公豹曰：『师兄，你如今保哪个？』子牙笑曰：『贤弟，你说混话！我在西岐，身居相位，文王托孤，我立武王，三分天下，周土已得二分，八百诸侯，悦而归周，吾今保武王，灭纣王，正应上天垂象。岂不知凤鸣岐山，兆应真命之主。今武王德配尧、舜，仁合天心；况成汤旺气黯然，此一传而尽。贤弟反问，却是为何？』申公豹曰：『你说成汤旺气已尽，我如今下山，保成汤，扶纣王。子牙，你要扶周，我和你掣肘。』子牙曰：『贤弟，你说哪里话！师尊严命，怎敢有违？』申公豹曰：『子牙，我有一言奉禀，你听我说，有一全美之法——倒不如同我保纣灭周。一来你我弟兄同心合意；二来你我弟兄又不至参商；此不是

两全之道。你意下如何？』子牙正色言曰：『兄弟言之差矣！今听贤弟之言，反违师尊之命。况天命人岂敢逆，决无此理。兄弟请了！』申公豹怒色曰：『姜子牙！料你保周，你有多大本领，道行不过四十年而已。你且听我道来。有诗为证：

炼就五行真妙诀，移山倒海更通玄。
降龙伏虎随吾意，跨鹤乘鸾入九天。
紫气飞升千万丈，喜时火内种金莲。
足踏霞光闲戏耍，逍遥也过几千年。』

话说子牙曰：『你的功夫是你得，我的功夫是我得，岂在年数之多寡。』申公豹曰：『姜子牙，你不过五行之术，倒海移山而已，你怎比得我。似我，将首级取将下来，往空中一掷，遍游千万里，红云托接，复入颈项上，依旧还元返本，又复能言。似此等道术，不枉学道一场。你有何能，敢保周灭纣！你依我烧了「封神榜」，同吾往朝歌，亦不失丞相之位。』子牙被申公豹所惑，暗想：『人的头乃六阳之首，刎将下来，游千万里，复入颈项上，还能复旧，有这样的法术，自是稀罕。』乃曰：『兄弟，你把头取下来。果能如此起在空中，复能依旧，我便把「封神榜」烧了，同你往朝歌去。』申公豹曰：『不可失信！』子牙曰：『大丈夫一言既出，重若泰山，岂有失信之理。』申公豹去了道巾，执剑在手，左手提住青丝，右手将剑一刎，把头割将下来，其身不倒，复将头望空中一掷，那颗头盘盘

旋旋，只管上去了。子牙乃忠厚君子，仰面呆看，其头旋得只见一些黑影。不说子牙受惑，且说南极仙翁送子牙不曾进宫去，在宫门前少憩片时。只见申公豹乘虎赶子牙，赶至麒麟崖前，指手画脚讲论。又见申公豹的头游在空中。仙翁曰：『子牙乃忠厚君子，险些儿被这孽障惑了！』忙唤：『白鹤童儿哪里？』童子答曰：『弟子在。』『你快化一只白鹤，把申公豹的头衔了，往南海走走来。』童子得法旨，便化鹤飞起，把申公豹的头衔着往南海去了。有诗为证：

左道旁门惑子牙，仙翁妙算更无差，
邀仙全在申公豹，四九兵来乱似麻。

话说子牙仰面观头，忽见白鹤衔去。子牙跌足大呼曰：『孽障！怎的把头衔去了？』不知南极仙翁从后来，把子牙后心一巴掌。子牙回头看时，乃是南极仙翁。子牙忙问曰：『道兄，你为何又来？』仙翁指子牙曰：『你原来是一个呆子！申公豹乃左道之人，此乃些小幻术，你也当真！只用一时三刻，其头不到颈上，自然冒血而死。师尊吩咐你，不要应人，你为何又应他！你应他不打紧，有三十六路兵马来伐你。方才我在玉虚宫门前，看着你和他讲话；他将此术惑你，你就要烧「封神榜」；倘或烧了此榜，怎么了？我故叫白鹤童儿化一只仙鹤，衔了他的头往南海去，过了一时三刻，死了这孽障，你才无患。』子牙曰：『道兄，你既知道，可以饶了他罢。道心无处不慈悲，怜恤他多年道行，数载功夫，丹成九转，龙交虎成，真为可惜！』南极仙翁曰：『你饶了他；他不饶你。那时三十六路兵来伐

只见辕门哪吒，蹬风火轮，摇火尖枪，冲杀而来，势如猛虎。

你，莫要懊悔！』子牙就说：『后面有兵来伐我，我怎肯忘了慈悲，先行不仁不义。』不言子牙哀求南极仙翁。且说申公豹被仙鹤衔去了头，不得还体，心内焦躁，过一时三刻，血出即死，左难右难。且说子牙恳求仙翁，仙翁把手一招，只见白鹤童子把嘴一张，放下申公豹的头落将下来。不意落忙了，把脸落的朝着脊背。申公豹忙把手端着耳朵一磨，才磨正了。把眼睁开看，见南极仙翁站立。仙翁大喝一声：『把你这该死孽障！你把左道惑弄姜子牙，使他烧毁「封神榜」，令子牙保纣灭周，这是何说？该拿到玉虚宫，见掌教老师去才好！』叱了一声：『还不退去！姜子牙，你好生去罢。』申公豹惭愧，不敢回言，上了白额虎，指子牙道：『你去！我叫你西岐顷刻成血海，白骨积如山！』申公豹恨恨而去。不表。

话说子牙捧『封神榜』，驾土遁往东海来。正行之际，飘飘的落在一座山上。那山玲珑剔透，古怪崎岖；峰高岭峻，云雾相连，近于海岛。有诗为证：

海岛峰高生怪云，崖旁桧柏翠氤氲。

峦头风吼如猛虎，拍浪穿梭似破军。

异草奇花香馥馥，青松翠竹色纷纷。

灵芝结就清灵地，真是蓬莱迥不群。

话说子牙贪看此山景物，堪描堪画，『我怎能了却红尘，来到此间团瓢静坐，朗诵《黄庭》，方是吾心之愿。』话未了，只见海水翻波，旋风四起，风逞浪，浪翻雪练；水起波，波滚雷鸣。霎时间云雾相连，阴霾四合，笼罩山峰。子牙大惊曰：『怪哉！怪哉！』正看间，见巨浪分开，现一人赤条条的，大叫：『大仙！游魂埋没千载，未得脱体；前日清虚道德真君符命，言今日今时，法师经过，使游魂伺候。望法师大展威光，普济游魂，超出烟波，拔离苦海。洪恩万载！』子牙仗着胆子问曰：『你是谁，在此兴波作浪？有甚沉冤？实实道来。』那物曰：『游魂乃轩辕黄帝总兵官柏鉴也。因大破蚩尤，被火器打入海中，千年未能出劫。万望法师指超福地，恩同泰山。』子牙曰：『你乃柏鉴，听吾玉虚法牒，随往西岐山去候用。』把手一放，五雷响亮，振开迷关，速超神道。柏鉴现身拜谢。子牙大喜，随驾土遁往西岐山来。霎时风响，来到山前。只听狂风大作。怎见得好风，有诗为证：

细细微微播土尘，无影过树透荆榛。

太公仔细观何物，却似朝歌五路神。

当时子牙看，原来是五路神来接。大呼曰：『昔在朝歌，蒙恩师发落，往西岐山伺候；今知恩师驾过，特来远接。』子牙曰：『吾择吉日，起造封神台，用柏鉴监造，若是造完，将榜张挂，吾自有妙用。』子牙吩咐柏鉴：『你就在此督造，待台完，吾来开榜。』五路神同柏鉴领法语，在岐山造台。

子牙回西岐，至相府。武吉、哪吒迎接，至殿中坐下，就问：『张桂芳可曾来搦战？』武吉回曰：『不曾。』子牙往朝中，见武王回旨。武王宣子牙至殿前，行礼毕。武王曰：『相父往昆仑，事体何如？』子牙只得模糊答应，把张桂芳事掩盖，不敢泄漏天机。武王曰：『相父为孤劳苦，孤心不安。』子牙曰：『老臣为国，当得如此，岂惮劳苦。』武王传旨：『设宴。』与子牙共饮数杯。子牙谢恩回府。次日，点鼓聚将，参谒毕。子牙传令：『众将官领简贴。』先令黄飞虎领令箭；哪吒领令箭；又令辛甲、辛免领令箭。子牙发放已毕。

且说张桂芳被哪吒打伤臂膊，正在营中保养伤痕，专候朝歌援兵，不知子牙劫营。二更时分，只听得一声炮响，喊声齐起，震动山岳；慌忙披挂上马。风林也上了马。及至出营，遍地周兵，灯球火把，照耀天地通红，喊杀连声，山摇地动。只见辕门哪吒，蹬风火轮，摇火尖枪，冲杀而来，势如猛虎。张桂芳见是哪吒，不战自走。风林在左营，见黄飞虎骑五色神牛，使枪冲杀进来。风林大怒，『好反叛贼臣！焉敢黄夜劫营，自取死也！』纵青鬃马，使两根狼牙棒来取飞虎。牛马相逢，夜间混战。且说辛甲、辛免往右营冲杀，营内无将抵挡，任意纵横，只杀到后寨，见周纪、南宫适监在陷车中，忙杀开纣兵，打开陷车救出，二将步行，抢得利刃在手，只杀得天崩地裂，鬼哭神愁，里外

夹攻，如何抵敌。张桂芳与风林见不是势头，只得带伤逃归。遍地尸横，满地血水成流。三军叫苦，弃鼓丢锣，自己践踏，死者不计其数。张桂芳连夜败走至西岐山，收拾败残人马。风林上帐，与主将议事。桂芳曰：『吾自来提兵，未尝有败。今日在西岐损折许多人马，心上甚是不乐。』忙修告急本章，打进朝歌，速发援兵，共破反叛。且说子牙收兵，得胜回营。众将欢腾，齐声唱凯。正是：

鞍上将军如猛虎，得胜小校似欢彪。

话说张桂芳遣官进朝歌，来至太师府下文书。闻太师升殿，聚将鼓响，众将参谒。堂候官将张桂芳申文呈上。太师拆开一看，大惊曰：『张桂芳征伐西岐，不能取胜，反损兵挫锐，老夫须得亲征，方克西土。奈因东南两路，屡战不宁；又见游魂关总兵窦荣不能取胜；方今贼盗乱生，如之奈何！吾欲去，家国空虚；吾不去，不能克服。』只见门人吉立上前言曰：『今国内无人，老师怎么亲征得，不若于三山五岳之中，可邀一二位师友，往西岐协助张桂芳，大事自然可定，何劳老师费心，有伤贵体。』只这一句话，断送修行人两对，封神台上且标名。不知凶吉何如，且听下回分解。

第三十八回　四圣西岐会子牙

诗曰：

王道从来先是仁，妄加征伐自沉沦。
趋名战士如奔浪，逐劫神仙似断燐。
异术奇珍谁个是，争强图霸孰为真。
不如闭目深山坐，乐守天真养自身。

话说闻太师听吉立之言，忽然想起海岛道友，拍掌大笑曰：『只因事冗杂，终日碌碌，为这些军民事务，不得宁暇，把这些道友都忘却了。不是你方才说起，几时得海宇清平。』吩咐吉立：『传众将知道：三日不必来见。你与余庆好生看守相府，吾去三两日就回。』太师骑了墨麒麟，挂两根金鞭，把麒麟顶上角一拍，麒麟四足自起风云，霎时间周游天下。有诗为证：

四足风云声响亮，麟生雾彩映金光。
周游天下须臾至，方显玄门道术昌。

话说闻太师来至西海九龙岛，见那些海浪滔滔，烟波滚滚。把坐骑落在崖前。只见那洞门外：异花奇草般般秀，桧柏青松色色新。正是：只有仙家来往处，哪许凡人到此间。正看玩时，见一童儿出，太师问曰：『你师父在洞否？』此童儿答曰：『家师在里面下棋。』太师曰：『你可通报：商都闻太师相访。』童儿进洞来，启老师曰：『商都闻太师相访。』只见四位道人听得此言，齐出洞来，大笑曰：『闻兄，哪一阵风儿吹你到此？』闻太师一见四人出来，满面笑容相迎，竟邀至里面，行礼毕，在蒲团坐下。四位道人曰：『闻兄自哪里来？』太师答曰：『特来进谒。』道人曰：『吾等避迹荒岛之中，有何见谕，特至此地？』太师曰：『吾受国恩，与先王之托，官居相位，统领朝纲重务。今西岐武王驾下姜尚，乃昆仑门下，仗道欺公，助姬发作反。前差张桂芳领兵征伐，不能取胜。奈因东南又乱，诸侯猖獗，吾欲西征，恐家国空虚，自思无计，愧见道兄。若肯借一臂之力，扶危拯弱，以锄强暴，实闻仲万千之幸。』头一位道人答曰：『闻兄既来，我贫道一往，救援桂芳，大事自然可定。』只见第二位道人曰：『要去四人齐去，难道说王兄为得闻兄，吾等便就不去？』闻太师听罢大喜。此乃是四圣，也是『封神榜』上之数：头一位姓王，名魔；二位姓杨，名森；三位姓高，名友乾；四位姓李，名兴霸：是灵霄殿四将。看官：大抵神道原是神仙做，只因根行浅薄，不能成正果朝元，故成神道。且说王魔曰：『闻兄先回，俺们随后即至。』闻太师曰：『承道兄大德，求即幸临，不可羁滞。』王魔曰：『吾把童儿先将坐骑送往岐山，我们即来。』闻太师上了墨麒麟回朝歌。不表。

且说王魔等四人，一齐驾水遁往朝歌来。怎见得，有诗为证：

五行之内水为先，不用乘舟不驾船，

大地乾坤顷刻至，碧游宫内圣人传。

话说四位道人到朝歌，收了水遁进城。朝歌军民一见，吓得魂不附体：王魔戴一字巾，穿水合服，面如满月；杨森莲子箍，似陀头打扮，穿皂服，面如锅底，须似朱砂，两道黄眉；高友乾挽双孤髻，穿大红服，面如蓝靛，发似朱砂，上下獠牙；李兴霸戴鱼尾金冠，穿淡黄服，面如重枣，一部长髯：俱有一丈五六尺长，晃晃荡荡。众民看见，伸舌咬指。王魔问百姓曰：『闻太师府在哪里？』有大胆的答曰：『在正南二龙桥就是。』四道人来至相府，太师迎入，施礼毕，传令：『摆上酒来。』左道之内，俱用荤酒，持斋者少。五位传杯。次日，闻太师入朝见纣王，言：『臣请得九龙岛四位道者，往西岐破武王。』纣王曰：『太师为孤佐国，何不请来相见？』太师领旨。不一时，领四位道人进殿来。纣王一见，魂不附体，『好凶恶像貌！』道人见纣王曰：『衲子稽首了！』纣王曰：『道者平身。』传旨：『命太师与朕代礼，显庆殿陪宴。』太师领旨。纣王回宫。且说五位在殿欢饮。王魔曰：『闻兄，待吾等成了功来，再会酒罢。我们去也。』四位道人离了朝门，太师送出朝歌。太师自回府中。不表。

且说四位道人驾水遁往西岐山来，霎时到了，落下水光，到张桂芳辕门。探马报入：『有四位道长至辕门候见。』张桂芳闻报，出营接入中军。张桂芳、风林参谒。王魔见二将欠身不便，问曰：『闻太师请俺们来助你；你想必着伤？』风林把臂膊被哪吒打伤之事说了一遍。王魔曰：『与吾看一看。……呀！原来是乾坤圈打的。』葫芦中取一粒丹，口嚼碎了搽上，即时全愈。桂芳也来求丹。王魔一样治度。又问：『西岐姜子牙在哪里？』张桂芳曰：『此

子牙在相府，正议连日张桂芳败兵之事。探事马报来：『张桂芳起兵在东门安营。』

处离西岐七十里。因兵败至此。』王魔曰：『快起兵往西岐城去！』彼时张桂芳传令，一声炮响，三军呐喊，杀奔西岐，东门下寨。

子牙在相府，正议连日张桂芳败兵之事。探事马报来：『张桂芳起兵在东门安营。』子牙与众将官言曰：『张桂芳此来，必求有援兵在营，各要小心。』众将得令。

且说王魔在帐中坐下，对张桂芳曰：『你明日出阵前，坐名要姜子牙出来。吾等俱隐在旗幡脚下；待他出来，我们好会他。』杨森曰：『张桂芳、风林，你把这符贴在你的马鞍鞒上，各有话说。我们的坐骑乃是奇兽；战马见了，骨软筋酥，焉能站立。』二将领命。且说次日，张桂芳全汝甲胄，上马至城下，坐名只要姜子牙答话。报马进相府，报：『张桂芳请丞相答话。』子牙不把张桂芳放在心上，料只如此，传令：『摆五方队伍出城。』炮声响亮，城门大开。只见：

青幡招展，一池荷叶舞青风；素带施张，满苑梨花飞瑞雪。红幡闪灼，烧山烈火一般同；皂盖飘摇，乌云盖住铁山顶。杏黄旗磨动，护中

军战将，英雄如猛虎，两边摆打阵众英豪。

话说宝纛幡下，子牙骑青鬃马，手提宝剑。桂芳一马当先。子牙曰：『败军之将，又有何面目至此？』张桂芳曰：『「胜败军家常事」，何得为愧。今非昔比，不可欺敌！……』言还未毕，只听得后面鼓响，旗幡开处，走出四样异兽：王魔骑狴犴，杨森骑狻猊，高友乾骑的是花斑豹，李兴霸骑的是狰狞，四兽冲出阵来。子牙两边战将都跌翻下马，连子牙撞下鞍鞒。这些战马经不起那异兽恶气冲来，战马都骨软筋酥。内中只是哪吒风火轮，不能动摇；黄飞虎骑五色神牛，不曾挫锐；以下都跌下马来。四道人见子牙跌得冠斜袍绽，大笑不止；大呼曰：『不要慌！慢慢起来！』子牙忙整衣冠，再一看时，见四位道人好凶恶之相：脸分青、白、红、黑，各骑古怪异兽。子牙打稽首曰：『四位道兄，哪座名山？何处洞府？今到此间，有何吩咐？』子牙道罢，王魔曰：『姜子牙，吾乃九龙岛炼气士王魔、杨森、高友乾、李兴霸也。你我俱是道门。只因闻太师相招，特地到此。我等莫非与子牙解围，并无他意。不知子牙可依得贫道三件事情？』子牙曰：『道兄吩咐，莫说三件，便三十件可以依得。但说无妨。』王魔曰：『头一件：要武王称臣。』子牙曰：『道兄差矣。吾主公武王，死是商臣，奉法守公，并无欺上，何不可之有？』王魔曰：『第二件：开了库藏，给散三军赏赐。第三件：将黄飞虎送出城，与张桂芳解回朝歌。你意下如何？』子牙曰：『道兄吩咐，极是明白；容尚回城，三日后作表，敢烦道兄带回朝歌谢恩，再无他议。』两边举手：『请了！』正是：

且说三事权依允，二上昆仑走一遭。

话说子牙同将进城，入相府，升殿坐下。只见武成王跪下曰：『请丞相将我父子解送桂芳行营，免累武王。』子牙忙忙扶起，曰：『黄将军，方才三件事，乃权宜暂允他，非有他意。彼骑的俱是怪兽，众将未战，先自落马，挫动锐气，故此将机就计，且进城再作他处。』黄将军谢了子牙，众将散讫。子牙乃香汤沐浴，吩咐武吉、哪吒防守。子牙驾土遁，二上昆仑，往玉虚宫而来。有诗为证：

道术传来按五行，不登雾彩最轻盈。
须臾直过扶桑径，咫尺行来至玉京。

且说子牙到了玉虚宫，不敢擅入。候白鹤童子出来，子牙曰：『白鹤童儿，通报一声。』白鹤童子至碧游床，跪而言曰：『启老爷：师叔姜尚在宫外候法旨。』元始吩咐：『命来。』子牙进宫，倒身下拜。元始曰：『九龙岛王魔等四人在西岐伐你。他骑的四兽，你未曾知道。此物乃万兽朝苍之时，种种各别，龙生九种，色相不同。白鹤童子，你往桃园里把我的坐骑牵来。』白鹤童儿往桃园内，牵了四不像来。怎见得，有诗为证：

麟头豸尾体如龙，足踏祥光至九重。
四海九洲随意遍，三山五岳霎时逢。

童儿把四不像牵至。元始曰：『姜尚，也是你四十年修行之功，与贫道代理封神，今把此兽与你骑往西岐，好会三山、五岳、四渎之中奇异之物。』又命南极仙翁取一木鞭，长三尺六寸五分，有二十一节；每一节有四道符印，共

子牙上了四不像，把顶上角一拍，那兽一道红光起去，铃声响亮，往西岐来。

八十四道符印，名曰『打神鞭』。子牙跪而接受；又拜恳曰：『望老师大发慈悲！』元始曰：『你此一去，往北海过，还有一人等你。贫道将此中央戊己之旗付你。旗内有简，临迫之际，当看此简，便知端的。』子牙叩首辞别，出玉虚宫。南极仙翁送子牙至麒麟崖。子牙上了四不像，把顶上角一拍，那兽一道红光起去，铃声响亮，往西岐来。正行之间，那四不像飘飘落在一座山上。山近连海岛。怎见得好山：

千峰排戟，万仞开屏。日映岚光轮岭外，雨收岱色冷含烟。藤缠老树，雀占危岩。奇花瑶草，修竹乔松。幽鸟啼声近，滔滔海浪鸣。重重谷壑芝兰绕，处处巉崖苔藓生。起伏峦头龙脉好，必有高人隐姓名。

话说子牙看罢山，只见山脚下一股怪云卷起。云过处生风，风响处见一物，好生跷蹊古怪。怎见得：

头似驼，狰狞凶恶；顶似鹅，挺折枭雄。须似虾，或上或下；眼似牛，凸暴双睛。身似鱼，光辉灿烂；手似莺，电灼钢钩。足似虎，钻山跳涧；龙分种，降下异形。采天地灵气，受日月之精。发手运石多玄

妙，口吐人言盖世无。龙与豹交真可羡，来扶明主助皇图。

话说子牙一见，魂不附体，吓了一身冷汗。那物大叫一声曰：『但吃姜尚一块肉，延寿一千年！』子牙听罢，『原来是要吃我的。』那东西又一跳将来，叫：『姜尚，我要吃你！』子牙曰：『吾与你无隙无仇，为何要吃我？』妖怪答曰：『你休想逃脱今日之厄！』子牙把杏黄旗轻轻展开，看里面简贴，『……原来如此。』子牙曰：『那孽障，我该你口里食，料应难免。你只把我杏黄旗儿拔起来，我就与你吃；拔不起来，怨命。』子牙把旗望地上一戳。那旗长有二丈有余。那妖怪伸手来拔，拔不起来；两只手拔，也拔不起；用阴阳手拔，也拔不起来；便将双手只到旗根底下，把头颈子挣的老长的，也拔不起来。子牙把手望空中一撒。五雷正法，雷火交加，一声响，吓的那东西要放手，不意把手长在旗上了。子牙喝一声：『好孽障！吃吾一剑！』那物叫曰：『上仙饶命！念吾不识上仙玄妙，此乃申公豹害了我！』子牙听说申公豹的名字，子牙问曰：『你要吃我，与申公豹何干？』妖怪答曰：『上仙，吾乃龙须虎也。自少昊时生我，采天地灵气，受阴阳精华，已成不死之身。前日申公豹往此处过，说：「今日今时姜子牙过时，若吃他一块肉，延年万载。」故此一时愚昧，大胆欺心，冒犯上仙。不知上仙道高德隆，自古是慈悲道德，可怜念我千年辛苦，修开十二重楼，若赦一生，万年感德！』子牙曰：『据你所言，你拜吾为师，我就饶你。』龙须虎曰：『愿拜老爷为师。』子牙曰：『既如此，你闭了目。』龙须虎闭目。只听得空中一声雷响，龙须虎也把手放了，倒身下拜。子牙北海收了龙须虎为门徒。子牙问曰：『你在此山，可曾学得些道术？』龙须虎答曰：『弟子善能发手

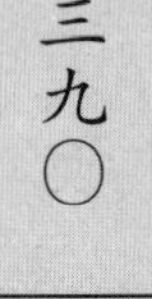

有石。随手放开，便有磨盘大石头，飞蝗骤雨，打的满山灰土迷天，随发随应。」子牙大喜：『此人用之劫营，倒是可以成功。』子牙收了杏黄旗，随带龙须虎，上了四不像，径往西岐城；落下坐骑，来至相府。众将迎接，猛见龙须虎在子牙后边，众将吓的痴呆了：『姜丞相惹了邪气来了！』子牙见众将猜疑，笑曰：『此是北海龙须虎也，乃是我收来门徒。』众将进到府，参谒已毕。子牙问城外消息，武吉曰：『城外不见动静。』子牙打点一场大战。

且说张桂芳在营五日，不见子牙出城来犒赏三军，把黄飞虎父子解到营里来；乃对四位道人曰：『老师，姜尚五日不见消息，其中莫非有诈？』王魔曰：『他既依允，难道失信与我等！西岐城管教他血满城池，尸成山岳。』又过三日，杨森对王魔曰：『道兄，姜子牙至八日还不出来，我们出去会他，问个端的。』张桂芳曰：『姜尚那日见势不好，将言俯就；姜尚外有忠诚，内怀奸诈。』杨森曰：『既如此，我等出去。若是诱哄我等，我们只消一阵成功，早与你班师回去。』风林传下令去，点炮，三军呐喊，杀至城下，请子牙答话。探事马报入相府。子牙带哪吒、龙须虎、武成王，骑四不像出城。王魔一见大怒：『好姜尚！你前日跌下马去，却原来往昆仑山借四不像，要与俺们见个雌雄！』把狴犴一磕，执剑来取子牙。旁有哪吒登开风火轮，摇火尖枪大叫：『王魔少待伤吾师叔！』冲杀过来。轮兽相交，枪剑并举，好场大战！怎见得：

两阵上幡摇擂战鼓，剑枪交加霞光吐。枪是乾元秘授来，剑法冰山多威武。哪吒发怒性刚强，王魔宝剑谁敢阻。哪吒是乾元山上宝和珍，王魔一心要把成汤辅。枪剑并举没遮拦，只杀的两边儿郎寻斗赌。

话说二将大战，哪吒使发了那一条枪与王魔力敌。正战间，杨森骑着狻猊，见哪吒枪来得利害，剑乃短家伙，招架不开。杨森在豹皮囊中取一粒开天珠，劈面打来，正中哪吒，打翻下风火轮去。王魔急来取首级，早有武成王黄飞虎催开五色神牛，把枪一摆，冲将过来，救了哪吒。王魔复战飞虎。杨森二发奇珠，黄飞虎乃是马上将军，怎经得一珠，打下坐骑来。早被龙须虎大叫曰：『莫伤吾大将，我来了！』王魔一见大惊，『是个甚么妖精出来！』怎见得：

古怪蹊跷相，头大颈子长。独足只是跳，眼内吐金光。身上鳞甲现，两手似钩枪。炼成奇异术，发手磨盘强。但逢龙须虎，不死也着伤。

话说高友乾骑着花斑豹，见龙须虎凶恶，忙取混元宝珠，劈脸打来，正中龙须虎的脖子，打的扭着头跳。左右救回黄飞虎。王魔、杨森二骑来擒子牙。子牙只得将剑招架，来往冲杀。子牙左右无佐，三将着伤，救回去了。不防李兴霸把劈地珠照子牙打来，正中前心。子牙『哎呀』一声，几乎坠骑；带四不像望北海上逃走。王魔曰：『待吾去拿了姜尚。』来赶子牙；似飞云风卷，如弩箭离弦。子牙虽是伤了前心，听的后面赶来，把四不像的角一拍，起在空中。王魔笑曰：『总是道门之术！你欺我不会腾云。』把狴犴一拍，也起在空中，随后起来。子牙在西岐有七死三灾，此是遇四圣，头一死。王魔见赶不上子牙，复取开天珠望后心一下，把子牙打翻下骑来，骨碌碌滚下山坡，面朝天，打死了。四不像站在一旁。王魔下骑，来取子牙首级。忽然听的半山中作歌而来：

野水清风拂柳，池中水面飘花。
借问安居何处，白云深处为家。

话说王魔听歌，看时，乃五龙山云霄洞文殊广法天尊。王魔曰：『道兄来此何事？』广法天尊答曰：『王道友，姜子牙害不得！贫道奉玉虚宫符命在此，久等多时。只因五事相凑，故命子牙下山：一则成汤气数已尽；二则西岐真主降临；三则吾阐教犯了杀戒；四则姜子牙该享西地福禄，身膺将相之权；五则与玉虚宫代理封神。道友，你截教中逍遥自在，无拘无束，为甚么恶气纷纷，雄心赳赳。可知道你那碧游宫上有两句说的好：

紧闭洞口，静诵『黄庭』二两卷；
身投西土，封神台上有名人。

你把姜尚打死，虽死还有回生时候。道友，依我，你好生回去，这还是一月未缺；若不听吾言，致生后悔。』王魔曰：『文殊广法天尊，你好人话！我和你一样规矩，怎言月缺难圆。难道你有名师，我无教主！』王魔动了无名之火，持剑在手，睁睛欲来取文殊广法天尊。只见天尊后面有一道童，挽抓髻，穿淡黄服，大叫：『王魔少待行凶，我来了！』——广法天尊门徒金吒是也；拎剑直奔王魔。王魔手中剑对面交还。来往盘旋，恶神厮杀。有诗为证：

来往交还剑吐光，二神斗战五龙岗，
行深行浅皆由命，方知天意灭成汤。

话说王魔、金吒恶战山下，文殊广法天尊取一物，此宝在玄门为遁龙桩，久后在释门为七宝金莲，上有三个金圈，往上一举，落将下来。王魔急难逃脱，颈子上一圈，腰上一圈，足下一圈，直立的靠定此桩。金吒见宝缚了王魔，手起剑落。不知性命如何，且听下回分解。

第三十九回　姜子牙冰冻岐山

诗曰：

四圣无端欲逆天，仗他异术弄狂颠。
西来有分封神客，北伐方知证果仙。
几许雄才消此地，无边恶孽造前愆。
雪飞七月冰千尺，尤费颠连丧九泉。

话说金吒一剑，把王魔斩了。——一道灵魂往封神台来；清福神柏鉴用百灵幡引进去了。广法天尊收了此宝，望昆仑下拜：『弟子开了杀戒。』命金吒把子牙背负上山，将丹药用水研开，灌入子牙口内。不一时，子牙醒回，看见广法天尊，曰：『道兄，我如何于此处相会？』天尊答曰：『原是天意，定该如此，不由人耳。』过了一二时辰，命金吒：『你同师叔下山，协助西土。我不久也要来。』遂扶子牙上了四不像，回西岐。广法天尊将土掩了王魔尸骸。不表。

且说西岐城不见姜丞相，众将慌张。武王亲至相府，差探马各处找寻。子牙同金吒至西岐，众将同武王齐出相府。子牙下骑。武王曰：『相父败兵何处？孤心甚是不安！』子牙曰：『老臣若非金吒师徒，决不能生还矣。』金吒参谒武王；会了哪吒，二人自在一处。子牙进府调理。

且说成汤营里杨森见王魔得胜，追赶子牙，至晚不见回来。杨森疑惑：『怎么不见回来？』忙忙袖中一算，大叫一声：『罢了！』高友乾、李兴霸齐问原由。杨森怒曰：『可惜千年道行，一旦死于五龙山！』三位道人怒发冲冠，一夜不安。次日上骑，城下搦战，只要子牙出来答话。探马报入相府。子牙着伤未愈。只见金吒曰：『师叔，既有弟子在此保护，出城定要成功。』子牙从计上骑，开城，见三位道人咬牙大骂曰：『好姜尚！杀吾道兄，势不两立！』三骑齐出来战。子牙旁有金吒、哪吒二人。金吒两口宝剑，哪吒登开风火轮，使开火尖枪抵敌。五人交兵，只杀得霭红云笼宇宙，腾腾杀气照山河。子牙暗想：『吾师所赐打神鞭，何不祭起？』子牙将神鞭丢起，空中只听雷鸣火电，正中高友乾顶上，打得脑浆迸出，死于非命，一魂已入封神台去了。杨森见高道兄已亡，吼一声来奔子牙；不防哪吒将乾坤圈丢起，杨森方欲收此宝，被金吒将遁龙桩祭起，遁住杨森，早被金吒一剑，挥为两段，一道灵魂也进封神台去了。张桂芳、风林见二位道长身亡，纵马使枪，风林使狼牙棒，冲杀过来。李兴霸骑狰狞，抡方楞锏杀来。金吒步战。哪吒使一银枪，两家混战。只听西岐城里一声炮响，走出一员小将，还是一个光头儿，银冠银甲，白马长枪，此乃黄飞虎第四子黄天祥。走马杀到军前，神武耀威，勇贯三军，枪法如骤雨。天祥刺斜里一枪，把风林挑下马来，一魂也进封神台去了。张桂芳料不能取胜，败进行营。李兴霸上帐曰：『吾四人前来助你，不料今日失利，丧吾三位道兄。你可修文书，速报闻兄，可求救至此，以泄今日之恨。』张桂芳依言，忙作告急文书，差官星夜进朝歌。不表。

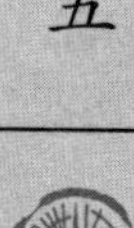

哪吒使一银枪，两家混战。

且说姜子牙得胜回西岐，升银安殿。众将报功。子牙羡黄天祥走马枪挑风林。金吒曰：『师叔，今日之胜，不可停留，明日会战，一阵成功，张桂芳可破也。』子牙曰：『善。』次日，子牙点众将出城，三军呐喊，军威大振，坐名要张桂芳。桂芳听报大怒，『自来提兵未曾挫锐，今日反被小人欺侮，气杀我也！』忙上马布开阵势，到辕门，指子牙大喝曰：『反贼！怎敢欺侮天朝元帅！与你立见雌雄。』纵马持枪杀来。子牙后面黄天祥出马，与桂芳双枪并举，一场大战：

二将坐雕鞍，征夫马上欢。这一个怒发如雷吼；那一个心头火一攒。这一个丧门星要扶纣王；那一个天罡星欲保周元。这一个舍命而安社稷；那一个弃残生欲正江山。自来恶战不寻常，辕门几次鲜红溅。

话说黄天祥大战张桂芳，三十合未分上下。子牙传令：『点鼓。』军中之法：鼓进，金止。周营数十骑，左右抢出伯达、伯适、仲突、仲忽、叔夜、叔夏、季随、季騧、毛公遂、周公旦、召公奭、吕公望、南宫适、辛甲、辛免、太颠、闳夭、黄明、周纪等，围裹上来，把张桂芳

围在垓心。好张桂芳，似弄风猛虎，酒醉斑彪，抵挡周将，全无惧怯。且说子牙命金吒：『你去战李兴霸；我用打神鞭助你今日成功。』金吒听命，拽步而来。李兴霸坐在狰狞上，见一道童忽抢来，催开狰狞，提锏就打。金吒举宝剑急架相迎。未及数合，只见哪吒蹬风火轮，摇枪直刺李兴霸。兴霸用锏急架忙还。子牙在四不像上，方祭打神鞭。李兴霸见势不能取胜，把狰狞一拍，那兽四足腾起风云，逃脱去了。哪吒见走了李兴霸，登轮直杀进桂芳垓心来。晁田弟兄二人在马上大呼曰：『张桂芳早下马归降，免尔一死，吾等共享太平！』张桂芳大骂：『叛逆匹夫！捐躯报国，尽命则忠，岂若尔辈贪生而损名节也！』从清晨只杀到午牌时分，桂芳料不能出，大叫：『纣王陛下！臣不能报国立功，一死以尽臣节！』自转枪一刺，桂芳撞下鞍鞒，一点灵魂往封神台来，清福神引进去了。正是：

英雄半世成何用，留的芳名万载传。

桂芳已死，人马也有降西岐者，也有回关者。子牙得胜进城，入府上殿，各报其功。子牙见今日众将英雄可喜。

且说李兴霸逃脱重围，慌忙疾走。李兴霸乃四圣之数，怎脱得大数。狰狞正行，飘然落在一山，道人见坐骑落下，滚鞍下地，倚松靠石，少憩片时；寻思良久：『吾在九龙岛修炼多年，岂料西岐有失，愧回海岛，羞见道中朋友。如今且往朝歌城去，与闻兄共议，报今日之恨也。』方欲起身，只听得山上有人唱道歌而来。道人回首一看，原来是一道童：

天使还玄得做仙，做仙随处睹青天。

此言勿谓吾狂妄，得意回时合自然。

话言那道童唱着行来，见李兴霸打稽首：『道者请了！』兴霸答礼。道童曰：『老师哪一座名山？何处洞府？』兴霸曰：『吾乃九龙岛炼气士李兴霸；因助张桂芳西岐失利，在此少坐片时。道童，你往哪里来？』道童暗想道：『这正是「踏破铁鞋无觅处，得来全不费功夫」。』道童大喜：『我不是别人，我乃九宫山白鹤洞普贤真人徒弟木吒是也；奉师命往西岐去见师叔姜子牙门下，立功灭纣。我临行时，吾师尊说：「你要遇着李兴霸，捉他去西歧见子牙为贽见。」岂知恰恰遇你。』李兴霸大笑曰：『好孽障！焉敢欺吾太甚！』抡锏劈头就打。木吒执剑急架忙迎。剑锏相交。怎见得九宫山大战：

这一个轻移道步；那一个急转麻鞋。轻移道步，撤玉靶纯钢出鞘；急转麻鞋，浅金装宝剑离匣。锏来剑架，剑锋斜刺一团花；剑去锏迎，脑后千块寒雾滚。一个是肉身成圣，木吒多威武；一个是灵霄殿上，神将逞雄威。些儿眼慢，目下皮肉不完全；手若迟松，眼下尸骸分两块。

话说木吒大战李兴霸，木吒背上宝剑两口，名曰『吴钩』。此剑乃『干将』、『莫邪』之流，分有雌雄。木吒把左肩一摇，那雄剑起去，横在空中，磨了一磨李兴霸，可怜：

千年修炼全无用，血染衣襟在九宫。

木吒将兴霸尸骸掩了，借土遁往西岐来，进城，至相府。门官通报：『有一道童求见。』子牙命：『请来。』木

吒至殿前下拜。子牙问曰：『哪里来的？』金吒在旁言曰：『此是弟子兄弟木吒，在九宫山白鹤洞普贤真人学艺。』子牙曰：『兄弟三人齐佐明主，简篇万年，史册传扬不朽。』西岐日盛。

话说闻太师在朝歌执掌大小国事，其实有条有法。话说汜水关韩荣报入太师府，闻太师拆开一看，拍案大呼曰：『道兄你却为着何事，死于非命！吾乃位极人臣，受国恩如同泰山，只因国事艰难，使我不敢擅离此地，今见此报，使吾痛入骨髓！』忙传令：『点鼓聚将。』只见银安殿三咚鼓响，一干众将参谒太师。太师曰：『前日吾邀九龙岛四道友协助张桂芳，不料死了三位；风林阵亡。今与诸将共议，谁为国家辅张桂芳破西岐走一遭？』言未毕，左军上将军鲁雄年纪高大，上殿曰：『末将愿往。』闻太师看时，左军上将军鲁雄苍髯皓首上殿。太师曰：『老将军年纪高大，犹恐不足成功。』鲁雄笑曰：『太师在上：张桂芳虽是少年当道，用兵恃强，只知己能，显胸中秘授；风林乃匹夫之才，故此有失身之祸。为将行兵，先察天时，后观地利，中晓人和。用之以文，济之以武，守之以静，发之以动；亡而能存，死而能生，弱而能强，柔而能刚，危而能安，祸而能福；机变不测，决胜千里，自天之上，由地之下，无所不知；十万之众，无有不力，范围曲成，各极其妙，定自然之理，决胜负之机，神运用之权，藏不穷之智：此乃为将之道也。末将一去，便要成功。再副一二参军，大事自可定矣。』太师闻言，自思：『鲁雄虽老，似有将才；况是忠心。欲点参军，必得见机明辨的方去得。不若令费仲、尤浑前去亦可。』忙传令：『命费仲、尤浑为参军。』军政司将二臣令至殿前。费仲、尤浑见太师行礼毕。太师曰：『方今张桂芳失机，风林阵亡，鲁雄协助；少一名参军。老夫将二位大夫为参赞机务，征剿西岐；旋师之日，其功莫大。』费、尤听罢，魂魄潜消，『太师在上：职任文家，不谙武事；恐误国家重务。』太师曰：『二位有随机应变之才，通达时务之变，可以参赞军机，以襄鲁将军不逮，总是为朝廷出力。况如今国事艰难，当得辅君为国，岂可彼此推诿？左右，取参军印来！』费、尤二人落在圈套之中，只得挂印。簪花，递酒，太师发铜符，点人马五万协助张桂芳。有诗为证：

鲁雄报国寸心丹，费仲尤浑心胆寒。
夏月行兵难住马，一笼火伞罩征鞍。
只因国祚生离乱，致有妖氛起祸端。
台造封神将已备，子牙冰冻二逸奸。

话说鲁雄择吉日，祭宝纛旗，杀牛，宰马，不日起兵。鲁雄辞过闻太师，放炮起兵。此时夏末秋初，天气酷暑，三军铁甲单衣好难走，马军雨汗长流，步卒人人喘息。好热天气！三军一路，怎见得好热：

万里乾坤，似一轮火伞当中。四野无云风尽息，八方有热气升空。高山顶上，大海波中。高山顶上，只晒得石烈灰飞；大海波中，蒸熬得波翻浪滚。林中飞鸟，晒脱翎毛，莫想腾空展翅；水底游鱼，蒸翻鳞甲，怎能弄土钻泥。只晒得砖如烧红锅底热，便是铁石人身也汗流。三军一路上：盔滚滚撞天银磬，甲层层盖地兵山。军行如骤雨，马跳似欢龙。闪翻银叶甲，拨转皂雕弓。正是：喊声振动山川泽，天地乾坤似火笼。

话说鲁雄人马出五关，一路行来。有探马报与鲁雄曰：『张总兵失机阵亡，首级号令在西岐东门，请军令定夺。』鲁雄闻报大惊曰：『桂芳已死，吾师不必行，且安营。』问：『前面是甚么所在？』探马回报：『是西岐山。』鲁雄传令：『茂林深处安营。』命军政司修告急文书报太师。不表。

且说子牙自从斩了张桂芳，见李姓兄弟三人都到西岐。一日子牙升相府，有报马报入府来：『西岐山有一枝人马扎营。』子牙已知其详。前日清福神来报，封神台已造完，张挂『封神榜』，如今正要祭台。传令：『命南宫适、武吉点五千人马，往岐山安营，阻塞路口，不放他人马过来。』二将领令，随即点人马出城。一声炮响，七十里望见岐山一枝人马，乃成汤号色。南宫适对阵安下营寨。天气炎热，三军站立不住，空中火伞施张。武吉对南宫适曰：『吾师令我二人出城，此处安营，难为三军枯渴，又无树木遮盖，恐三军心有怨言。』一宿已过。次日，有辛甲至营相见，『丞相有令：命把人马调上岐山顶上去安营。』二将听罢，甚是惊讶：『此时天气热不可当，还上山去，死之速矣！』辛甲曰：『军令怎违，只得如此。』二将点兵上山。三军怕热，张口喘息，着实难当；又要造饭，取水不便，军士俱埋怨。不题。且言鲁雄屯兵在茂林深处，见岐山上有人安营，纣兵大笑：『此时天气，山上安营，不过三日，不战自死！』鲁雄只等救兵交战。至次日，子牙领三千人马出城，往西岐山来。南宫适、武吉下山迎接，上山合兵一处。八千人马在山上绞起了幔帐。子牙坐下。怎见得好热，有诗为证：

太阳真火炼尘埃，烈石煎湖实可哀。

绿柳青松摧艳色，飞禽走兽尽罹灾。

凉亭上面如烟燎，水阁之中似火来。

万里乾坤只一照，行商旅客苦相挨。

话说子牙坐在帐中，令武吉：『营后筑一土台，高三尺。速去筑来！』武吉领令。西岐辛免催趱车辆许多饰物，报与子牙。子牙令搬进行营，散饰物。众军看见，痴呆半晌。子牙点名给散，一名一个棉袄，一个斗笠，领将下去。众军笑曰：『吾等穿将起来，死的快了！』且说子牙至晚，武吉回令：『土台造完。』子牙上台，披发仗剑，望东昆仑下拜，布罡斗，行玄术，念灵章，发符水。但见：

子牙作法，霎时狂风大作，吼树穿林。只刮的飒飒灰尘，雾迷世界，滑喇喇天摧地塌，骤沥沥海沸山崩，幡幢响如铜鼓振，众将校两眼难睁。一时把金风彻去无踪影，三军正好赌输赢。

诗曰：

念动玉虚玄妙诀，灵符秘授更无差。

驱邪伏魅随时应，唤雨呼风似滚沙。

且说鲁雄在帐内见狂风大作，热气全无，大喜曰：『若闻太师点兵出关，正好厮杀，温和天气。』费仲、尤浑曰：『天子洪福齐天，故有凉风相助。』那风一发胜了，如猛虎一般。怎见得好风，有诗为证：

萧萧飒飒透深闱，无影无形最骇人。

旋起黄沙三万丈，飞来黑雾百千尘。

穿林倒木真无状，彻骨生寒岂易论。

纵火行凶尤猛烈，江湖作浪更迷津。

话说子牙在岐山布斗，刮三日大风，凛凛似朔风一样。三军叹曰：『天时不正，国家不祥，故有此异事。』过了一两个时辰，半空中飘飘荡荡落下雪花来。纣兵怨言：『吾等单衣铁甲，怎耐凛冽严威！』正在那里埋怨，不一时，鹅毛片片，乱舞梨花，好大雪！怎见得：

潇潇洒洒，密密层层。潇潇洒洒，一似豆秸灰；密密层层，犹如柳絮舞。初起时，一片，两片，似鹅毛风卷在空中；次后来，千团，万团，如梨花雨打落地下。高山堆叠，獐狐失穴怎能行，沟涧无踪，苦杀行人难进步。霎时间银妆世界，一会家粉砌乾坤。客子难沽酒，苍翁苦觅梅。飘飘荡荡裁蝶翅，叠叠层层道路迷。丰年祥瑞从天降，堪贺人间好事宜。

鲁雄在中军对费、尤曰：『七月秋天，降此大雪，世之罕见。』鲁雄年迈，怎禁得这等寒冷。费、尤二人亦无计可施。三军都冻坏了。且说子牙在岐山上，军士人人穿起棉袄，带起斗笠，感丞相恩德，无不称谢。子牙问：『雪深几尺？』武吉回话：『山顶上深二尺，山脚下风旋下去，深有四五尺。』子牙复上土台，披发仗剑，口中念念有词，把空中彤云散去，现出红日当空，一轮火伞，霎时雪都化水，往山下一声响，水去的急，聚在山凹里。子牙见日色且胜，有诗为证：

真火原来是太阳，初秋积雪化汪洋。
玉虚秘授无穷妙，欲冻商兵尽丧亡。

话说子牙见雪消水急，滚涌下山，忙发符印，又刮大风。只见阴云布合，把太阳掩了。风狂凛冽，不亚严冬。霎时间把岐山冻作一块汪洋。子牙出营来，看纣营幡幢尽倒；命南宫适、武吉二将：『带二十名刀斧手下山，进纣营，把首将拿来！』二将下山，径入营中。见三军冻在冰里，将死者且多；又见鲁雄、费仲、尤浑三将在中军。刀斧手上前擒捉，如同囊中取钞一般，把三人捉上山来见子牙。不知性命如何，且听下回分解。

第四十回　四天王遇丙灵公

诗曰：

魔家四将号天王，惟有青云剑异常。
弹动琵琶人已绝，撑开珠伞日无光。
莫言烈焰能焚毙，且说花狐善食强。
纵有几多稀世宝，丙灵一遇命先亡。

话说南宫适、武吉将三人拿到辕门通报。子牙命：『推进来。』鲁雄站立；费、尤二贼跪下。子牙曰：『鲁雄，时务要知，天心要顺，大理要明，真假要辨。方今四方知纣稔恶，弃纣归周，三分有二，何苦逆天，自取杀身之祸。今已被擒。尚有何说？』鲁雄大喝曰：『姜尚！尔曾为纣臣，职任大夫；今背主求荣，非良杰也。吾今被擒，食君之禄，当死君之难，今日有死而已，又何必多言。』子牙命且监于后营。复到土台上，布起罡斗，随把彤云散了，现出太阳，日色如火一般，把岐山脚下冰时刻化了。五万人马冻死三二千，余者逃进五关去了。子牙又命南宫适往西岐城，请武王至岐山。南宫适走马进城，来见武王，行礼毕。武王曰：『相父在岐山，天气炎热，陆地无阴，三军劳苦。卿今来见孤，有何事？』南宫适对曰：『臣奉丞相令，请大王驾幸岐山。』武王随同众文武往岐山来，怎见得，有诗为证：

君正臣贤国日昌，武王仁德配陶唐。
慢言冰冻擒军死，且听台城斩将亡。
祭赛封神劳圣主，驱驰国事仗臣良。
古来多少英雄血，争利图名尽是伤。

话言武王同文武往西岐山来，行未及二十里，只见两边沟渠之中冰块飘浮来往。武王问南宫适，方知冰冻岐山。君臣又行七十里，至岐山。子牙迎武王。武王曰：『相父邀孤，有何事商议？』子牙曰：『请大王亲祭岐山。』武王曰：『山川享祭，此为正礼。』乃上山进帐。子牙设下祭文。武王不知今日祭封神台。子牙只言祭岐山。排下香案，武王拈香。子牙命将三人推来。武吉将鲁雄、费仲、尤浑推至。子牙传令：『斩讫报来！』霎时献三颗首级。武王大惊曰：『相父祭山，为何斩人？』子牙曰：『此二人乃成汤费仲、尤浑也。』武王曰：『奸臣，理当斩之。』子牙与武王回兵西岐。不表。且说清福神将三魂引入封神台去了。

话说鲁雄残兵败卒走进关，逃回朝歌。闻太师在府，看各处报章，看三山关邓九公报：『大败南伯侯。』忽报：『汜水关韩荣报到。』令：『接上来。』拆开看时，顿足叫曰：『不料西岐姜尚这等凶恶！杀死张桂芳，又捉鲁雄号令岐山，大肆猖獗。吾欲亲征，奈东南二处，未息兵戈。』乃问吉立、余庆曰：『我如今再遣何人伐西岐？』吉立答曰：『太师在上：西岐足智多谋，兵精将勇，张桂芳况且失利，九龙岛四道者亦且不能取胜；如今可发令牌，命佳梦

关魔家四将征伐，庶大功可成。』太师听言，喜曰：『非此四人不能克此大恶。』忙发令牌；又点左军大将胡升、胡雷交代守关。将令发出，使命领令前行。不觉一日，已至佳梦关，下马报曰：『闻太师有紧急公文。』魔家四将接了文书，拆开看罢，大笑曰：『太师用兵多年，如今为何颠倒！料西岐不过是姜尚、黄飞虎等，「割鸡焉用牛刀」？』打发来使先回。弟兄四人点精兵十万，即日兴师；与胡升、胡雷交代府库钱粮，一应完毕。魔家四将辞了胡升，一声炮响，大队人马起行，浩浩荡荡，军声大振，往西岐而来。怎见得好人马：

三军呐喊，幡立五方。刀如秋水迸寒光，枪似麻林初出土。开山斧如同秋月，画杆戟豹尾飘飖。鞭锏抓槌分左右，长刀短剑砌龙鳞。花腔鼓擂，催军趱将；响阵锣鸣，令出收兵。拐子马御防劫寨，金装弩准备冲营。中军帐钩镰护守，前后营刁斗分明。临兵全仗胸中策，用武还依纪法行。

话说魔家四将人马，晓行夜住，逢州过府，越岭登山，非止一日，又过了桃花岭。哨马报入中军：『启元帅：兵至西岐北门，请令定夺。』魔礼青传令：『安下团营，扎了大寨。』三军放静营炮，呐一声喊。

且说子牙自兵冻岐山，军威甚盛，将士英雄，天心效顺，四方归心，豪杰云集。子牙正商议军情，忽探马报入相府：『魔家四将领兵住扎北门。』子牙聚将上殿，共议退兵之策。武成王黄飞虎上前启曰：『丞相在上：佳梦关魔家四将乃弟兄四人，皆系异人秘授奇术变幻，大是难敌。长曰魔礼青，长二丈四尺，面如活蟹，须如铜线，用一根长枪，步战无骑。有秘授宝剑，名曰「青云剑」。上有符印，中分四字「地、水、火、风」，这风乃黑风，风内

有万千戈矛。若人逢着此刃，四肢成为齑粉；若论火，空中金蛇搅绕，遍地一块黑烟，烟掩人目，烈焰烧人，并无遮挡。还有魔礼红，秘授一把伞，名曰「混元伞」。伞上有祖母绿、祖母印、祖母碧，有夜明珠、碧尘珠、碧火珠、碧水珠、消凉珠、九曲珠、定颜珠、定风珠，还有珍珠穿成四字，「装载乾坤」。这把伞不敢撑，撑开时，天昏地暗，日月无光；转一转，乾坤晃动。还有魔礼海，用一根枪，背上一面琵琶，上有四条弦，也按「地、水、火、风」。拨动弦声，风火齐至，如青云剑一般。还有魔礼寿，用两根鞭。囊里有一物，形如白鼠，名曰「花狐貂」，放起空中，现身似白象，胁生飞翅，食尽世人。若此四将来伐西岐，吾兵恐不能取胜也。』子牙曰：『将军何以知之？』黄飞虎答曰：『此四将昔日在末将麾下，征伐东海，故此晓得。今对丞相，不得不以实告。』子牙听罢，郁郁不乐。

且言魔礼青对三弟曰：『今奉王命，征剿凶顽，兵至三日，必当为国立功，不负闻太师之所举也。』魔礼红曰：『明日俺们兄弟齐会姜尚，一阵成功，旋师奏凯。』其日，弟兄欢饮。次早，炮响鼓鸣，摆开队伍，立于辕门，请子牙答话。探马来报：『魔家四将请战。』子牙因黄飞虎所说利害，恐将士失利，心下犹豫未决。金吒、木吒、哪吒在旁，口称：『师叔，难道依黄将军所说，我等便不战罢。所仗福德在周，天意相祐，随时应变，岂得看住。』子牙猛醒，传令：『摆五方旗号，整点诸将校，列成队伍，出城会战。』怎见得：

两扇门开：青幡招展，震中杀气透天庭；素白纷纭，兑地征云从地起。红幡荡荡，离宫猛火欲烧山；皂带飘飘，坎气乌云由上下。杏黄幡麾，中央正道出兵来。金盔将如同猛虎；银盔将一似欢狼。南宫适似摇头狮子；武吉似摆尾狻猊。四贤、八俊逞英豪；金木二吒持宝剑。龙须虎天生异像；武成王斜跨神牛。领首的哪吒英武，掠阵的众将轩昂。

魔家四将见子牙出兵有法，纪律森严，坐四不像，至军前。怎生打扮，有诗为证：

金冠分鱼尾，道服勒霞绡。
童颜并鹤发，项下长银苗。
身骑四不像，手挂剑锋枭。
玉虚门下客，封神立圣朝。

话说子牙出阵前，欠身曰：『四位乃魔元帅么？』魔礼青曰：『姜尚，你不守本土，甘心祸乱，而故纳叛亡，坏朝廷法纪，杀大臣号令西岐，深属不道，是自取灭亡。今天兵至日，尚不倒戈授首，犹自抗拒；直待践平城垣，俱为齑粉，那时悔之晚矣！』子牙曰：『元帅言之差矣。吾等守法奉公，原是商臣，受封西土，岂得称为反叛。今朝廷信大臣之言，屡伐西岐，胜败之事，乃朝廷大臣自取其辱，我等并无一军一卒冒犯五关。今汝等反加之罪名，我君臣岂肯虚服。』魔礼青大怒曰：『孰敢巧言，混称大臣取辱！独不思你目下有灭国之祸！』放开大步，使枪来取子牙。左哨上南宫适纵马舞刀，大喝曰：『不要冲吾阵脚！』用钢刀急架忙迎。步马交兵，刀戟并举。魔礼红绰步展方天戟冲杀而来。子牙队里辛甲举斧来战魔礼红。魔礼海摇枪直杀出来。哪吒蹬风火轮，摇火尖枪迎住。二将双枪共举。魔礼寿使两根锏似猛虎摇头，杀将过来。这壁厢武吉银盔素铠，白马长枪，接战阵前。这一场大战，怎见得：

满天杀气，遍地征云。这阵上三军威武；那阵上战将轩昂。南宫适斩将刀似半潭秋水；魔礼青虎头枪似一段寒冰。辛甲大斧犹如皓月光辉；魔礼红画戟一似金钱豹尾。哪吒发怒抖精神；魔礼海生嗔显武艺。武吉长枪，飕飕急雨洒残花；魔礼寿二锏，凛凛冰山飞白雪。四天王忠心佐成汤；众战将赤胆扶圣主。两阵上锣鼓频敲，四哨内三军呐喊。从辰至午，只杀的旭日无光；未末申初，霎时间天昏地暗。

有诗为证：

为国亡家欲尽忠，只徒千载把名封。
捐躯马革何曾惜，止愿皇家建大功。

话言哪吒战住了魔礼海，把枪架开，随手取出乾坤圈使在空中，要打魔礼海。魔礼红看见，忙忙跳出阵外，把混元珍珠伞撑开一晃，先收了哪吒的乾坤圈去了。金吒见收兄弟之宝，忙使遁龙桩，又被收将去了。子牙把打神鞭使在空中。此鞭只打的神，打不的仙，打不得人；四天王乃是释门中人，打不得，后一千年，才受香烟，因此上把打神鞭也被伞收去了。子牙大惊。魔礼青战住南宫适，把枪一掩，跳出阵来，把青云剑一晃，往来三次，黑风卷起，万刃戈矛。一声响亮，怎见得，有诗为证：

黑风卷起最难当，百万雄兵尽带伤。
此宝英锋真利害，铜军铁将亦遭殃。

魔礼红见兄用青云剑，也把珍珠伞撑开，连转三四转，咫尺间黑暗了宇宙，崩塌了乾坤。只见烈烟黑雾，火发无情，金蛇搅绕半空，火光飞腾满地。好火！有诗为证：

万道金蛇空内滚，黑烟罩体命难存。
子牙道术全无用，今日西岐尽败奔。

话说魔礼海拨动了地水火风琵琶；魔礼寿把花狐貂放出在空中，现形如一只白象，任意食人，张牙舞爪。风火无情，西岐众将遭此一败，三军尽受其殃。子牙见黑风卷起，烈火飞来，人马一乱，往后败下去。魔家四将挥动人马，往前冲杀。可怜三军叫苦，战将着伤，怎见得：

赶上将，任从刀劈；乘着势，剿杀三军。逢刀的，连肩拽背；遭火的，烂额焦头。鞍上无人，战马拖缰，不管营前和营后；地上尸横，折筋断骨，怎分南北与东西。人亡马死，只为扶王创业到如今；将躲军逃，止落叫苦连声无投处。子牙出城，齐齐整整，众将官顶盔贯甲，好似得智狐狸强似虎；到如今只落得：哀哀哭哭，歪盔卸甲，犹如退翎鸾凤不如鸡。死的尸骸暴露，生的逃窜难回。惊天动地将声悲，嚎山泣岭三军苦。愁云直上九重天，一派残兵奔陆地。

话说魔家四将一战，损周兵一万有余，战将损了九员，带伤者十有八九。子牙坐四不像平空去了。金、木二吒土遁逃回。哪吒风火轮走了。龙须虎借水里逃生。众将无术，焉能得脱。子牙败进城，入相府点众将：着伤大半，阵亡者九名，杀死了文王六位殿下，三名副将。子牙伤悼不已。

且说魔家四将收兵，掌得胜鼓回营，三军踊跃。正是：

喜孜孜鞭敲金镫响，笑吟吟齐唱凯歌回。

话说魔家四将得胜回营，上帐议取西岐大事。魔礼红曰：『明日点人马困城，尽力攻打，指日可破，子牙成擒，武王授首。』魔礼青曰：『贤弟言之甚善。』次日进兵围城，喊声大振，杀奔城下，坐名请子牙临阵。探马报进帅府。子牙传令：『将「免战牌」挂在城敌楼上。』魔礼青传令：『四面架起云梯，用火炮攻打。』甚是危急。且说子牙失利，诸将带伤，忙领金、木二吒，龙须虎，哪吒，黄飞虎不曾带伤者上城，设灰瓶、炮石、火箭、火弓、硬弩、长枪，千方守御，日夜防备。魔家四将见四门攻打三日不下，反损有兵卒，魔礼红曰：『暂且退兵。』命军士鸣金，退兵回营。当晚兄弟四人商议：『姜尚乃昆仑教下，自善用兵。我们且不可用力攻打，只可紧困；困得他里无粮草，外无援兵，此城不攻自破矣。』礼青曰：『贤弟言之有理。』安心困城。不觉困了两月。四将心下甚是焦躁，魔礼青曰：『闻太师命吾伐西岐，如今将近两三个月，未能破敌；十万之众，日费许多钱粮，倘太师嗔怪，体面何存。也罢，今晚初更，各将异宝祭于空中，就把西岐旋成渤海，早早奏凯还朝。』魔礼寿曰：『兄长之言妙甚。』各各欢喜。不言兄弟计较停当。且说子牙在相府有事，又见失机，与武成王黄飞虎议退兵之策。忽然猛风大作，把宝纛幡杆一折两段。子牙大惊，忙焚香，把金钱搜求八卦，只吓得面如土色；随即沐浴，更衣拈香，望昆仑下拜。子牙倒海救西岐。有诗为证：

复到土台上，布起罡斗，随把彤云散了，现出太阳，日色如火一般，把岐山脚下冰时刻化了。

玉虚秘授甚精奇，玄内玄中定坎离。
魔家四将施奇宝，子牙倒海救西岐。

话说子牙披发仗剑，倒海把西岐罩了。却说玉虚宫元始天尊知西岐事体，把琉璃瓶中静水望西岐一泼，乃三光神圣，浮在海水上面。再说魔礼青把青云剑祭起地、水、火、风；魔礼红祭混元珍珠伞；魔礼海拨动琵琶；魔礼寿祭起花狐貂。只见四下里阴云布合，冷雾迷空，响若雷鸣，势如山倒，骨碌碌天崩，滑喇喇地塌。三军见而心惊，一个个魂迷意怕。兄弟四人各施异术，要成大功，奏凯回朝，则怕你一场空想。正是：

枉费心机空费力，雪消春水一场空。

且说魔家兄弟四人祭此各样异宝，只到三更尽，才收了回营，指望次日回兵。且说子牙借北海水救了西岐，众将一夜不曾安枕。至次日，子牙把海水退回北海。依旧现出城来，分毫未动。且说纣营军校见西岐城上草也不曾动一根，忙报四位元帅：『西岐城全然不曾坏动一角。』四将大惊，齐出辕门看时，果然如此。四人无法可施，一策莫展；只得把人马紧困西岐。

且说子牙倒海救了此危，点将上城看守。非一日，乌飞兔走，不觉又困两月。子牙被困，无法退兵。魔家四将英勇，仗倚宝贝，焉能取胜？忽有总督粮储官见子牙，具言：『三济仓缺粮，止可支用十日。请丞相定夺。』子牙惊曰：『兵困城事小；城中缺粮事大。如之奈何！』武成王黄飞虎曰：『丞相可发告示与居民，富厚者必积有稻谷，或借三四万，或五六万，待退兵之日，加利给还，亦是暂救燃眉之计。』子牙曰：『不可。吾若出示，民慌军乱，必有内变之祸。料还有十日之粮，再作区处。』子牙不行。不觉又过七八日。子牙算止得二日粮，心下十分着忙，大是忧郁。那日，来了两位道童，一个穿红，一个穿青，至相府门上，对门官曰：『烦你通报，要见姜师叔。』门官启老爷：『有二位道童求见。』子牙闻道者来，便命：『请来。』二位道童上殿下拜，口称『师叔』。子牙答礼曰：『二位是哪座名山？何处洞府？今到西岐，有何见谕？』二道童曰：『弟子乃金庭山玉屋洞道行天尊门下弟子，姓韩，双名毒龙；这位是姓薛，双名恶虎。今奉师命，送粮前来。』子牙曰：『粮在何所？』道童曰：『弟子随身带来。』锦囊中取一简献与子牙。子牙看简，大喜曰：『师尊圣谕，事在危急，自有高人相辅，今果如其言。』子牙命道童：『取粮。』道童将豹皮囊中取出碗口大一个斗儿，盛有一斗米。众将又不敢笑。子牙将斗命韩毒龙：『亲送三济仓去，再来回话。』不一时，毒龙回来见子牙，『送去了。』不上两个时辰，管仓官来报：『启丞相：三济仓连气楼上都淌出米来。』子牙大喜。今事到急处自有高人来佐佑，此是武王福大。有诗赞曰：

武王仁德禄能昌，增福神祇来助粮。
紫阳洞里黄天化，西岐尽灭四天王。

话说子牙粮也足，将也多，兵也广，只没奈魔家四将奇宝伤人，因此上固守西岐，不敢擅动。且说魔家兄弟又过了两个月，将近一年，不能成功；修文书报闻太师，言子牙虽则善战，今又能守。不表。

一日，子牙正在相府，商议军功大事。忽报：『有一道者来见。』子牙命：『请来。』这道人带扇云冠，穿水合服，腰束丝绦，脚登麻鞋，至帘前下拜，口称『师叔』。子牙曰：『哪里来的？』道人曰：『弟子乃玉泉山金霞洞玉鼎真人门下，姓杨，名戬；奉师命，特来师叔左右听用。』子牙大喜。见杨戬超群出类。杨戬与诸门人会了；见过武王，复来问：『城外屯兵者何人？』子牙把魔家四将用的『地、水、火、风』物件说了一遍，『……故此挂「免战牌」。』杨戬曰：『弟子既来，师叔可去「免战」二字。弟子会魔家四将，便知端的。若不见战，焉能随机应变。』子牙听言甚喜，随传令：『摘了「免战牌」。』彼时有探马报入大营：『启元戎：西岐去了「免战牌」。』魔家四将大喜，即刻出营搦战。探马报入相府。子牙命杨戬出城，哪吒压阵。城门开处，杨戬出马，见四将威风凛凛冲霄汉，杀气腾腾逼斗星。四将见西岐城内一人，似道非道，似俗非俗，带扇云冠，道服丝绦，骑白马，执长枪。魔礼青曰：『来者何人？』杨戬答曰：『吾乃姜丞相师侄杨戬是也。你有何能，敢来此行凶作怪，仗倚左道害人。眼前叫你知吾利害，死无葬身之地！』纵马摇枪来取。却说魔家四将有半年不曾会战，如今一齐出来，步战杨戬。四将围将上来，

把杨戬裹在垓心，酣战城下。且说楚州有解粮官，解粮往西岐，正要进城，见前面战场阻路。此人姓马，名成龙；用两口刀，坐赤兔马，心性英烈，见战场阻路，大喝一声：『吾来了！』那马撺在圈子内，力敌四将。魔礼寿又见一将冲杀将来，心中大怒，未及十合，取出花狐貂祭在空中，化如一只白象，口似血盆，牙如利刃，乱抢人吃。有诗为证：

此兽修成隐显功，阴阳二气在其中。
随时大小皆能变，吃尽人心若野熊。

却说祭起花狐貂，一声响，把马成龙吃了半节去。杨戬在马上暗喜：『元来有这个孽障作怪！』魔家四将也不知道杨戬有九转炼就元功，魔礼寿又祭花狐貂，一声响，也把杨戬咬了半节去。哪吒见势头不好，进城来报姜丞相，说：『杨戬被花狐貂吃了。』子牙郁郁不乐，纳闷在府。

且说魔家四将得胜回营，治酒，兄弟共饮。吃到二更时分，魔礼寿曰：『长兄，如今把花狐貂放进城里去，若是吃了姜尚，吞了武王，大事定了。那时好班师归国，何必与他死守。』四人酒后，各发狂言。礼青曰：『贤弟之言有理。』礼寿豹皮囊取出花狐貂，叫曰：『宝贝，你若吃了姜尚回来，此功莫大。』遂祭在空中去了。花狐貂乃是一兽，只知吃人，哪知道吃了杨戬是个祸胎？杨戬曾炼过九转元功，七十二变化，无穷妙道，肉身成圣，封清源妙道真君。花狐貂把他吃在腹里。杨戬听着四将计较，杨戬曰：『孽障，也不知我是谁！』把花狐貂的心一捏，那东西叫四将围将上来，把杨戬裹在垓心，酣战城下。

一声，跌将下来。杨戬现身，把花狐貂一撑两段。杨戬现元形，有三更时分，来相府门前，叫左右报丞相。守门军士击鼓。子牙三更时，还与哪吒共议魔家四将事，忽听鼓响，报：『杨戬回来。』子牙大惊：『人死岂能复生！』命哪吒探虚实。哪吒至大门首问曰：『杨道兄，你已死了，为何又至？』杨戬曰：『你我道门徒弟，各玄妙不同。快开门！我有要紧事报与师父。』哪吒命开了门。杨戬同至殿前。子牙惊问：『早晨阵亡，为何又至？必有回生之术！』杨戬把魔礼寿放花狐貂进城，『要伤武王、师叔，弟子在那孽障腹中听着，方才把花狐貂弄死了，特来报知师叔。』子言闻言大喜：『吾有这等道术之客，何惧之有！』戬曰：『弟子如今还去。』哪吒曰：『道兄如何去得？』杨戬曰：『家师秘授，自有玄妙，随风变化，不可思议。有诗为证：

秘授仙传真妙诀，我与道中俱各别。
或山或水或巅崖，或金或宝或铜铁。
或鸾或凤或飞禽，或龙或虎或狮鸠。

随风有影即无形，赴得蟠桃添寿节。』

子牙听罢，『你有此奇术，可显一二。』杨戬随身一晃，变成花狐貂满地跳。把哪吒喜不自胜。杨戬曰：『弟子去也！』响一声，才要去。子牙曰：『杨戬，且住！你有大术，把魔家四将宝贝取来，使他束手不能成功。』杨戬即时飞出西岐城，落在魔家四将帐上。礼寿听的宝贝回来，忙用手接住，瞧了一瞧，见不曾吃了人来。将近四鼓时分，兄弟同进帐中睡去。正是酒酣睡倒，鼻息如雷，莫知高下。杨戬自豹皮囊中跳出来，将魔家四将帐上挂有四件宝贝，杨戬用手一端，端塌了，止拿得一把伞。那三件宝贝落地有声。魔礼红梦中听见有响声，急起来看时，『呀！却元来挂塌了钩子，吊将下来！』糊涂醉眼，不曾查得，就复挂在上面，依旧睡了。且说杨戬复到西岐城来见子牙，将混元珍珠伞献上。金木二吒、哪吒都来看伞。杨戬复又入营，还在豹皮囊中。不表。

且说次早中军帐鼓响。兄弟四人，各取宝贝，魔礼红不见混元伞，大惊：『为何不见了此伞！』急问巡内营将校。众将曰：『内营红尘也飞不进来，哪有奸细得入？』魔礼红大叫：『吾立大功，只凭此宝；今一旦失了，怎生奈何！』四将见如此失利，郁郁不乐，无心整理军情。

且说青峰山紫阳洞清虚道德真君忽然心血潮来，叫金霞童子：『请你师兄来。』童儿领命，少时间请师兄至。黄天化至碧游床前，倒身下拜：『老师父，叫弟子哪里使用？』真君曰：『你打点下山。你父子当立功为周主，随我来。』黄天化随师至桃园中。真君传一柄锤。天化见而即会，精熟停当，无不了然。真君曰：『将吾的玉麒麟与你

骑；又将火龙标带去。徒弟，你不可忘本，必尊道德。』黄天化曰：『弟子怎敢？』辞了师父，出洞来，上了玉麒麟，把角一拍，四足起风云之声。此兽乃道德真君闲戏三山、闷游五岳之骑。黄天化即时来至西岐，落下麒麟，来到相府，令门官通报。启丞相：『有一道童求见。』子牙曰：『请来。』黄天化上殿下拜，口称：『师叔，弟子黄天化奉师命下山，听候左右。』子牙问：『哪一座山？』黄飞虎曰：『此童乃青峰山紫阳洞清虚道德真君门下黄天化，乃末将长子。』子牙大喜：『将军有子出家修道，更当庆幸！』且说黄天化父子重逢，同回王府，置酒父子欢饮。黄天化在山吃斋，今日在王府吃荤，随挽双抓髻，穿王服，带束发冠，金抹额，穿大红服，贯金锁甲，束玉带，次日上殿见子牙。子牙一见天化如此装束，便曰：『黄天化，你元是道门，为何一旦变服？我身居相位，不敢忘昆仑之德。你昨日下山，今日变服；还把丝绦束了。』黄天化领命，系了丝绦。天化曰：『弟子下山，退魔家四将，故此如将家装束耳。怎敢忘本！』子牙曰：『魔家四将乃左道之术也，须紧要提防。』天化曰：『师命指明，何足惧哉！』子牙许之。黄天化上了玉麒麟，拎两柄槌，开放城门，至辕门请战。四天王正遇丙灵公。不知胜败如何，且听下回分解。

第四十一回 闻太师兵伐西岐

诗曰：

太师行兵出故商，西风飒飒送斜阳。
君因乱政民多难，臣为摅忠命尽伤。
惟知去日宁知返，只识兴时哪识亡。
四将亦随征进没，令人几度忆成汤。

且说魔礼红不见了珍珠伞，无心整理军情。忽报：『有将在辕门讨战。』四将听说，随点人马出营会战；见一将骑玉麒麟而来。但见怎生打扮，有赞为证：

悟道高山十六春，仙传道术最通灵。
潼关曾救生身父，莫邪宝剑斩陈桐。
束发金冠飞烈焰，大红袍上绣团龙。
连环砌就金锁铠，腰下绒绦左右分。
两柄银锤生八楞，稳坐走阵玉麒麟。
奉命特来收四将，西岐城外立头功。

旗开拱手黄天化，『封神榜』上丙灵公。

魔礼青观看一员小将，身坐玉麒麟，到阵前曰：『来者何人？』天化答曰：『吾非别人，乃开国武成王长男黄天化是也。今奉姜丞相将令，特来擒你。』魔礼青大怒，摇枪拽步来取黄天化。天化手中锤赴面交还。步骑交兵，一场大战。怎见得：

发鼓振天雷，锣鸣两阵摧。红幡如烈火，将军八面威。这一个舍命而安社稷；那一个拼残生欲正华夷。自来也见将军战，不似今番枪对锤。

话说魔礼青大战黄天化，麟步相交，枪锤并举，来往未及二十回合，早被魔礼青随手带起白玉金刚镯，一道霞光，打将下来，正中后心，只打的金冠倒撞，跌下骑来。魔礼青方欲取首级，早被哪吒大叫：『不要伤吾道兄！』登开风火轮，杀至阵前，救了黄天化。哪吒大战魔礼青，双枪共发，杀的天愁地暗。魔礼青二起金刚镯来打哪吒。哪吒也把乾坤圈丢起。乾坤圈是金的，金刚镯是玉的，金打玉，打的粉碎。魔礼青、魔礼红一齐大呼曰：『好哪吒！伤碎吾宝，此恨怎消！』齐来动手。哪吒见势不好，忙进西岐。魔礼海正待用琵琶时，哪吒已自进城去了。魔礼青进营，见失了金刚镯，闷闷不悦。

且说黄天化被金刚镯已自打死了。黄飞虎痛哭曰：『岂知才进西岐，未安枕席，竟被打死！』甚是伤情。只得把天化尸骸停在相府门前。子牙亦是不乐。忽有人报进府来：『启丞相：有一道童求见。』子牙传令：『请来。』道

童至殿前下拜。子牙问曰：『哪里来的？』童子曰：『弟子是紫阳洞道德真君命弟子来背师兄黄天化回山。』子牙大喜。

白云童子将黄天化背回，至紫阳洞门前放下。道童进洞回覆曰：『师兄已背至了。』真君出洞，看天化面黄不语，闭目无言。真君命童子取水来，将丹药化开，用剑撬开口，将药灌入，随入中黄。不一个时辰，黄天化已是回生，二目睁开，见师父在旁，天化曰：『弟子如何在此相见？』真君曰：『好畜生！下山吃荤，罪之一也；变服忘本，罪之二也。若不看子牙面上，决不救你！』黄天化倒身下拜。真人取出一物，递与天化。曰：『你速往西岐，再会魔家四将，可成大功。我不久也要下山。』黄天化辞了师父，借土遁前来，须臾便至西岐，落下遁光，来至相府。门官忙报。子牙命至殿前。黄天化把师父言语说了一遍。飞虎大喜。次日，黄天化上了玉麒麟出城，坐名要魔家四将。军政司报进行营：『黄天化请战。』魔家四将听报，忙出营。见天化精神赳赳，大叫曰：『今日定见雌雄！』魔礼青摇枪来刺。天化火速来迎。麟步相交，一场大战。未及三五回合，天化便走。魔礼青随后赶来。黄天化回头一看，见魔礼青来赶，挂下双锤，取出一幅锦囊，打开看时，只见长有七寸五分，放出华光，火焰夺目，名曰『攒心钉』。黄天化掌在手中，回手一发；此钉如稀世奇珍，一道金光出掌。怎见得，有诗为证：

此宝今番出紫阳，炼成七寸五分长，
玄中妙法真奇异，收伏魔家四大王。

魔礼青摇枪来刺。天化火速来迎。麟步相交，一场大战。

话说黄天化发出攒心钉，正中魔礼青前心，不觉穿心而过。只见魔礼青大叫一声，跌倒在地。魔礼红见兄长打倒在地，心中大怒，急忙跑出阵来，把方天戟一摆，紧紧赶来。黄天化收回钉，仍复打来。魔礼红躲不及，又中前心。此钉见心才过，响一声，跌在尘埃。魔礼海大呼曰：『小畜生！将何物伤吾二兄？』急出时，早被黄天化连发此钉，又将魔礼海打中。也是该四天王命绝，正遇丙灵公，此乃天数。只有魔礼寿见三兄死于非命，心中甚是大怒，忙忙走出，用手往豹皮囊里拿花狐貂出来，欲伤黄天化。不知此花狐貂乃是杨戬变化的，隐在豹皮囊里，礼寿把手来拿此物，不知杨戬把口张着，等魔礼寿的手往花狐貂嘴里来，被花狐貂一口，把魔礼寿的手咬将下来。只得一个骨头，怎熬得这般痛疼！又被黄天化一钉打来，正中胸前。可怜！正是：

治世英雄成何济，封神台上把名标。

话说黄天化打死魔家四将，方才来取首级，忽见豹皮囊中一阵风儿过处，只见花狐貂化为一人，乃是杨戬。黄天化认不得杨戬，天化问

曰：『风化人形者是谁？』杨戬答曰：『吾乃杨戬是也。姜师叔有命在此，以为内应。今见兄长连克四将，正应上天之兆。』正说间，只见哪吒登轮赶来，对黄天化、杨戬言曰：『二兄今立大功，不胜喜悦！』三人彼此庆慰，同进城至相府内，来见子牙。三人将发钉打死四将，杨戬伤手之事，诉说一遍。子牙大喜，命把四将斩首号令城上。

且说魔家人马逃回进关，随路报于汜水关韩荣。韩荣闻报大惊，曰：『姜尚在西周用兵如此利害！』心上甚是着忙；乃作告急表章，星夜打上朝歌去讫。不题。

且说闻太师在相府闲坐，闻报：『游魂关窦荣屡胜东伯侯。』忽然又报：『三山关邓九公有女邓婵玉连胜南伯侯，今已退兵。』太师大喜。又报：『汜水关韩荣有报。』太师命：『令来。』来官将文书呈上。太师拆开一看，见魔家四将尽皆诛戮，号令城头，太师拍案大怒，叫曰：『谁知四将英勇，都也丧于西岐，姜尚有何本领，挫辱朝廷军将！』闻太师当中一目睁开，白光有二尺远近，只气得三尸神暴躁，七窍内生烟。自思自忖道：『也罢！如今东南二处，渐已平定，明日面君，必须亲征，方可克敌。』当日作表。次日朝贺，将出师表彰来见纣王。纣王曰：『太师要伐西岐，为孤代理。』命左右：『速发黄旄、白钺，得专征伐。』太师择吉日，祭宝纛旗幡。纣王亲自饯别，满斟一杯，递与闻太师。太师接酒，躬身奏曰：『老臣此去，必克除反叛，清静边隅。愿陛下言听计从，百事详察而行，毋令君臣隔绝，上下不通。臣多不过半载，便自奏凯还朝。』纣王曰：『太师此行，朕自无虑，不久候太师佳音。』命排黄旄、白钺，令闻太师起行。太师饮过数杯。纣王看闻太师上骑。那墨麒麟久不曾出战，今日闻太师方欲骑上，被

墨麒麟叫一声，跳将起来，把闻太师跌将下来。百官大惊。左右扶起。太师忙整衣冠。时有下大夫王变，上前奏曰：『太师今日出兵落骑，实为不祥；可再点别将征伐可也。』太师曰：『大夫差矣！人臣将身许国而忘其家，上马抡兵而忘其命，将军上阵，不死带伤；此理之常，何足为异。大抵此骑久不曾出战，未曾演试，筋骨不能舒伸，故有此失。大夫幸勿再言。』随传令：『点炮起兵。』太师复上骑。此一别，正不知何年再会君臣面，只落得默默英魂带血归。太师一点丹心，三年征伐，俱是为国为民。

用尽机谋扶帝业，上天垂象不能成。

话说闻太师提大兵三十万出了朝歌，渡黄河，兵至渑池县。总兵官张奎迎接，至帐前行礼毕。太师问：『往西岐哪一条路近？』张奎答曰：『往青龙关近二百里。』太师传令：『往青龙关去。』人马离了渑池县，往青龙关来。一路上旗幡招展，绣带飘飘，真好人马！怎见得，有赞为证：

飞龙幡红缨闪闪；飞凤幡紫雾盘旋。飞虎幡腾腾杀气；飞豹幡盖地遮天。挡牌滚滚、短剑辉辉。挡牌滚滚，扫万军之马足；短剑辉辉，破千重之狼铣。大杆刀、雁翎刀，排开队伍；锟金枪、点钢枪，荡荡朱缨。太阿剑、昆吾剑，龙鳞砌就；金装锏、银镀锏，冷气森严。画杆戟、银尖戟，飘扬豹尾；开山斧、宣花斧，一似车轮。三军呐喊撼天关，五色旗摇遮映日。一声鼓响，诸营奋勇逞雄威；数棒锣鸣，众将委蛇随队伍。宝纛幡下，瑞气笼烟；金字令旗，来往穿梭。能报事拐子马紧挨鹿角，能冲锋连珠炮提防劫营。

诗曰：

腾腾杀气滚征埃，隐隐红云映绿苔。

十里止闻戈甲响，一座兵山出土来。

话说大兵离了青龙关，一路崎岖窄小，止容一二骑而行，人马甚是难走，跋涉更觉险峻。闻太师见如是艰难，悔之不及。早知如此，不若还走五关，方便许多；如今反耽误了程途。一日，来到黄花山，只见一座大山。怎见得，有赞为证：

远观山，山青叠翠；近观山，翠叠青山。山青叠翠，参天松婆娑弄影；翠叠青山，靠峻岭逼陡悬崖。逼陡涧，绿桧影摇玄豹尾；峻悬崖，青松折齿老龙腰。望上看，似梯似磴；望下看，如穴如坑。青山万丈接云霄，斗涧鹰愁侵地户。此山：到春来如火如烟，到夏来如蓝如翠，到秋来如金如锦，到冬来如玉如银。到春来，怎见得如火如烟：红灼灼夭桃喷火，绿依依弱柳含烟。到夏来，怎见得如蓝如翠：雨来苍烟欲滴，月过岚气氤氲。到秋来，怎见得如金如锦：一攒攒，一簇簇，俱是黄花吐瑞；一层层，一片片，尽是红叶摇风。到冬来，怎见得如玉如银：水晃晃冻成千块玉；雪濛濛堆叠一银山。山径崎岖，难进难出；水回曲折，流去流来。树梢上生生不已，鸟啼时韵致悠扬。正是：观之不舍，乐坐忘归。

有诗为证：

一山未过一山迎，千里全无半里平。
莫道牧童遥指处，只看图画不堪行。

话说闻太师看此山险恶，传令安下人马，催开墨麒麟，自上山来观看。见有一程平坦之地，好似一个战场。太师叹曰：『好一座山！若是朝歌宁静，老夫来黄花山避静消闲，多少快乐！』又见依依翠竹，古木乔松，赏玩不尽。正看此山景致，忽听脑后一声锣响，太师急勒转坐骑，原来是山下走阵；走的乃是长蛇阵，阵头一将，面如蓝靛，发似朱砂，上下獠牙，金甲红袍，坐下黑马，手使一柄开山斧。闻太师贪看走阵，不觉被山下士卒看见：闻太师身穿红袍，坐骑一兽，用两根金鞭，偷看阵势。士卒竟不走阵，来报主将：『启大王千岁：山上有一人探看吾等巢穴。』那人见说，抬头一看，大怒，速命退了阵，把马一磕，那马飞上山来。闻太师看见一将飞来，甚是英雄，十分勇猛，心中大喜：『收得此人，去伐西岐，乃是用人之际。』心上正自踌躇，不觉那马已到面前。只见来将大呼曰：『你是何人？好大胆！敢来探吾山穴！』闻太师曰：『贫道看此山幽静，欲化此结一茅庵，早晚诵一二卷「黄庭」；不识将军肯否？』来人大怒，骂道：『好妖道！』催开马，摇手中斧，飞来直取。闻太师用金鞭急架忙迎。鞭斧交加，勇战在高山之上。闻太师征伐多年，不知见过多少豪杰，哪里把他放在眼里。见这将使的斧也有些本领：『待吾收了此人往西岐去，虽无大成，亦有小就。』太师把骑一拨，往东就走。那人赶来。闻太师听脑后铃声响亮，把金鞭一指，平地现出一座金墙，把这一员大将围裹在内，用金遁遁了。太师依旧还往这山上，下了战骑，倚松靠石坐下。太师看有几

道杀气隐在山中，默然。不题。

且说小校报上山来：『启二位千岁：有一穿红的道人，把大千岁引入一阵黄气之内，就不见了。』二将急问报事喽罗：『如今在哪里？』小校答曰：『如今现在山上坐着。』二人大怒，忙上马持兵，众喽罗齐声呐喊，杀上山来。闻太师看见，慢慢的上了墨麒麟，把金鞭一指，大呼曰：『二将慢来！』二将见闻太师是三只眼的道人，也自惊讶，乃上前喝曰：『你是何人，敢在此行凶，将吾兄长摄在哪里去了？好好送还，饶你一命！』闻太师曰：『方才那蓝脸的无知触我，被我一鞭打死了。你二人又来做甚么？我非有别意，欲化此黄花山修炼。你二人肯么？』二人大怒，把马催开，一个使枪便取，那一个使双锏打来。闻太师使开金鞭，冲杀上下，三骑交加。闻太师勒转墨麒麟，往南就走。二将赶来。太师把鞭一指，将水遁遁了张天君，木遁遁了陶天君。此一回乃闻太师收邓、辛、张、陶四天君。闻太师依旧还坐在山坡之上。且说喽罗来报辛天君。辛天君正在山后收粮，忽见小喽罗来报：『二千岁，祸事不小！』辛环问曰：『有何事？』小校曰：『三位千岁被一道人打死了。』辛环听说，大叫一声：『气杀我也！』忙提锤钻，将胁下双肉翅一夹，飞起空中，一阵风响，只听得半空中声似雷鸣，至山上，大呼曰：『好妖道！将吾兄弟打死，岂可让你独生乎！』闻太师当中眼睁开看时，好凶恶之像，二翅飞来。怎见得，赞曰：

二翅空中响，头戴虎头冠，面如红枣色，顶上宝光寒。
锤钻安天下，獠牙嘴上安，一怒无遮挡，飞来势若鸾。

话说闻太师见而大喜：『真奇异豪杰！』那人照闻太师顶上一锤打来。太师用鞭急架忙迎。锤鞭骁勇，杀法精奇。太师掩一鞭，望东便走。辛环大呼：『妖道哪里去？吾来了！』把双翅一夹，即到顶上。他不知闻太师有多大本领，任意行凶。闻太师自忖：『五遁之中，遁不得此人。』且将金鞭照路旁一块山，连指两三指，命黄巾力士：『将此山石把这人压了！』力士得法旨，忙将此山石平空飞起，把辛环挟腰压下来。怎知闻太师：

玄中道术多奇异，倒海移山谈笑中。

刚才把辛环压住了，闻太师勒转墨麒麟，举鞭照顶门上打来。辛环大叫曰：『老师慈悲！弟子不识高明，冒犯天威，望老师救宥。若得再生，感恩非浅！』太师把鞭放在辛环顶上曰：『你认不得我。吾非道者，我是朝歌闻太师是也。因征伐西岐，往此经过。你那蓝脸的人，无故来伤我。你还是欲生乎？欲死乎？』辛环大叫：『太师老爷！小的不知是太师驾过此山，早知，应当远迓。冒犯天颜，万望恕小人死罪。』太师曰：『你既欲生，吾便赦汝。只是要在吾门下，往征西岐。若是有功，不失腰玉之福。』辛环曰：『若是贵人肯提拔下士，未将愿从麾下指挥。』太师把鞭一指，黄巾力士将山石揭去；辛环站不起来，半晌方能站立，拜倒在地。闻太师扶起。太师收了辛环，方倚松靠石坐下。辛环立在一旁。闻太师问曰：『黄花山有多少人马？』辛环答曰：『此山方圆有六十里，啸聚喽罗一万有余，粮草颇多。』太师不觉大喜。辛环跪下哀告曰：『前来三将，望太师老爷一例慈悲赦宥。若得回生，愿尽驽骀，以报知遇之恩。』闻太师道：『你还要他来？』辛环曰：『名虽各姓，情同手足。』闻太师曰：『既然如此，你等也是有义气的。站开了！』太师发手，一声雷鸣，振动山岳。且说遁的三将，一时揉眉擦眼：邓天君不见了金墙；张天君不见了大海；陶荣不见了大林。三将走马回山，只见辛环站在那穿红的道人旁边。邓忠大怒，声若巨雷，叫：『贤弟，与吾拿住那妖道！』话还未了，张、陶二将齐叫：『拿妖道！』也不知闻太师性命如何，且听下回分解。

第四十二回　黄花山收邓辛张陶

诗曰：

劫数相逢亦异常，诸天神部涉疆场。
任他奇术俱遭败，哪怕仙凡尽带伤？
周室兴隆时共泰，成汤丧乱日偕亡。
黄花山下收强将，总向岐山土内藏。

话说三将齐来发怒，辛环急上前忙止曰：『兄弟们不得妄为，快下马来参谒。此是朝歌闻太师老爷。』三将听说『闻太师』，滚鞍下马，拜伏在地，口称：『太师，久慕大名，未得亲觌尊颜；今幸天缘，大驾过此，末将等有失迎迓，致多冒渎，正谓误犯，望太师老爷恕罪，末将等不胜庆幸。』众将请太师上山。闻太师听说亦喜，随同众将上山。众将请太师上坐，复行参谒。太师亦自温慰；因问四将：『尊姓？何名？今日幸逢，老夫亦与有荣焉。』邓忠曰：『此黄花山，俺弟兄四人，结义多年，末将姓邓，名忠；次名辛环；三名张节；四名陶荣。只因诸侯荒乱，暂借居此山，权且为安身之地，其实皆非末将等本心。』闻太师听罢，『你等肯随吾征伐西岐，候有功之日，俱是朝廷臣子。何苦为此绿林之事，埋没英雄，辜负生平本事。』辛环曰：『如太师不弃，忠等愿随鞭镫。』闻太师曰：『列位既肯出力王室，正是国家有庆。你们可将山上喽罗计有多少？』辛环答曰：『有一万有余。』闻太师曰：『你可晓谕

众人：愿随征者，去；不愿随征者，宁释还家，仍给赏财物，也是他跟随你们一场。』辛环领命，传与众人，有愿去的，有不愿去的，俱将历年所积给与诸人，众人无不悦服。除不去的，尚余七千多人马。粮草计有三万。俱打点停当。烧了牛皮宝帐。闻太师即日起兵，又得四将，不觉大喜。把人马过了黄花山，径往前进，浩浩荡荡，甚是军威雄猛。有诗为证：

烈烈旗幡飞杀气，纷纷战马似龙蛟。
西岐豪杰如云集，太师亲征若浪抛。

话言闻太师人马正行，忽抬头见一石碣，上书三字，名曰『绝龙岭。』太师在墨麒麟上，默默无言，半晌不语，邓忠见闻太师勒骑不行，面上有惊恐之色。邓忠问曰：『太师为何停骑不语？』闻太师曰：『吾当时悟道，在碧游宫拜金灵圣母为师之时，学艺五十年。吾师命我下山佐成汤，临行，问师曰：「弟子归着如何？」吾师道：「你一生逢不得『绝』字。」今日行兵，恰恰见此石碣，上书「绝」字，心上迟疑，故此不决。』邓忠等四将笑曰：『太师差矣！大丈夫岂可以一字定终身祸福？况且「吉人天相」，只以太师之才德，岂有不克西岐之理。从古云：「不疑何卜？」』太师亦不笑不语。众将催人马速行。刀枪似水，甲士如云，一路无词。哨马报入中军：『启太师：人马至西岐南门，请令定夺。』太师传令：『安营。』一声炮响，三军呐一声喊，安下营，结下大寨。怎见得，有赞为证：

闻太师即日起兵，又得四将，不觉大喜。把人马过了黄花山，径往前进，浩浩荡荡，甚是军威雄猛。

营安南北，阵摆东西。营安南北分龙虎，阵摆东西按木金。围子手平添杀气；虎狼威长起征云。拐子马齐齐整整；宝纛幡卷起威风。阵前小校披金甲；传枪儿郎挂锦裙。先行官如同猛虎；佐军官恶似彪熊。定营炮天崩地裂；催阵鼓一似雷鸣。白日里出入有法，到晚间转箭支更。只因太师安营寨，鸦鸟不敢望空行。

不说闻太师安营西岐。只见报马报进相府，报：『闻太师调三十万人马，在南门安营。』子牙曰：『当时吾在朝歌，不曾会闻太师；今日领兵到此，看他纪法何如。』随带诸将上城，众门下相随，同到城敌楼上，观看闻太师行营。果然好人马！怎见得，有赞为证：

满空杀气，一川铁马兵戈；片片征云，五色旌旗缥缈。千枝画戟，豹尾描金五彩幡；万口钢刀，诛龙斩虎青铜剑。密密钺斧，幡旗大小水晶盘；对对长枪，盏口粗细银画杆。幽幽画角，犹如东海老龙吟；灿灿银盔，滚滚冰霜如雪练。锦衣绣袄，簇拥走马先行；玉带征夫，侍听中军元帅。鞭抓将士尽英雄，打阵儿郎凶似虎。不亚轩辕黄帝破蚩尤，一

座兵山从地起。

话说子牙观看良久，叹曰：『闻太师平日有将才，今观如此整练，人言尚未尽其所学。』随下城入府，同大小门下众将，商议退兵之策。有黄飞虎在侧曰：『丞相不必忧虑，况且魔家四将不过如此，正所谓国王洪福大，臣恶自然消散。』子牙曰：『虽是如此，民不安生，军逢恶战，将累鞍马，俱不是宁泰之象。』正议间，报：『闻太师差官下书。』子牙传令：『令来。』不一时，开城，放一员大将至相府，将书呈上。子牙拆书观看，上云：

『成汤太师兼征西天保大元帅闻仲，书奉丞相姜子牙麾下：盖闻王臣作叛，大逆于天。今天王在上，赫赫威灵。兹尔西土，敢行不道，不尊国法，自立为王，有伤国体。复纳叛逆，明欺宪典。天子累兴问罪之师，不为俯首伏辜，尚敢大肆猖獗，拒敌天吏，杀军覆将，辄敢号令张威，王法何在！虽食肉寝皮，不足以尽厥罪；纵移尔宗祀，削尔疆土，犹不足以偿其失。今奉诏下征，你等若惜一城之生灵，速至辕门授首，候归期以正国典；如若拒抗，真火焰昆冈，俱为齑粉，噬脐何及？战书到日，速为自裁。不宣。』

子牙看书毕。子牙曰：『来将何名？』邓忠答曰：『末将邓忠。』子牙曰：『邓将军回营，多拜上闻太师，原书批回，三日后会兵城下。』邓忠领命出城，进营回复了闻太师，将子牙回话说了一遍。不觉就是三日。只听得成汤营中炮响，喊杀之声振天。子牙传令：『把五方队伍调遣出城。』闻太师正在辕门，只见西岐南门开处，一声炮响，有四杆青幡招展，幡下四员战将按震宫方位：

青袍青马尽穿青，步将层层列马兵，

手挽挡牌人似虎，短剑长枪若铁城。

二声炮响，四杆红幡招展，幡脚下四员战将，按离宫方位：

红袍红马绛红缨，收阵铜锣带角鸣，

将士雄赳跨战骑，窝弓火炮列行营。

三声炮响，四杆素白幡招展，幡脚下有四员战将，按兑宫方位：

白袍白马烂银盔，宝剑昆吾耀日辉，

火焰枪同金装锏，大刀犹似白龙飞。

四声炮响，四杆皂盖幡招展，幡脚下四员战将，按坎宫方位：

黑人黑马皂罗袍，斩将飞翎箭更豪，

斧有宣花酸枣搠，虎头枪配雁翎刀。

五声炮响，四杆杏黄幡招展，幡脚下四员战将，按戊己宫方位：

金盔金甲杏黄幡，将坐中央守一元，

杀气腾腾笼战骑，冲锋锐卒候辕门。

闻太师曰：『姜丞相，闻你乃昆仑名士，为何不谙事体，何也？』

话说闻太师看见子牙把五方队伍调出，两边大小将官一对对整整齐齐：哪吒蹬风火轮，手提火尖枪，对着杨戬、金吒、木吒、韩毒龙、薛恶虎、黄天化、武吉等待卫两旁。宝纛旗下，子牙骑四不像，右手下有武成王黄飞虎坐五色神牛而出。只见闻太师在龙凤幡下，左右有邓、辛、张、陶四将。太师面如淡金，五柳长髯飘扬脑后，手提金鞭。怎见得闻太师威武：

九云冠金霞缭绕，绛绡衣鹤舞云飞，阴阳绦结束，朝覆应玄机。坐下麒麟如墨染，金鞭摆动光辉。拜上通天教下，三除五遁施为。胸中包罗天地，运筹万斛珠玑。丹心贯乎白日，忠贞万载名题。龙凤幡下列旌旗，太师行兵自异。

话说子牙催骑向前，欠背打躬，口称：『太师，卑职姜尚不能全礼。』闻太师曰：『姜丞相，闻你乃昆仑名士，为何不谙事体，何也？』子牙答曰：『尚忝玉虚门下，周旋道德，何敢违背天常。上尊王命，下顺军民，奉法守公，一循于道。敬诚缉熙，克勤天戒，分别

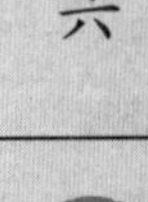

贤愚，佐守本土，不敢虐民乱政。稚子无欺，民安物阜，万姓欢娱，有何不谙事体之处？』闻太师曰：『你只知巧于立言，不知自己有过。今天王在上，你不尊君命，自立武王。欺君之罪，孰大于此！收纳叛臣黄飞虎，明知欺君，安心拒敌，叛君之罪，孰大于此！及至问罪之师一至，不行认罪，擅行拒敌。杀戮军士命官，大逆之罪，孰加于此！今吾自至此，犹恃己能，不行降服，犹自兴兵拒敌，巧言饰非，真可令人痛恨！』子牙笑而答曰：『太师差矣！自立武王，固是吾国未行请奏；然子袭父荫，何为不可。况天下诸侯尽反成汤，也是欺君不成！只是人君先自灭纲纪，不足为万姓之主，因此皆叛背不臣，此其过岂尽在臣也。收武成王，正是「君不正，臣投外国」，亦是礼之当然。今为人君，尚不自反，乃厚于责臣，不亦羞乎！若论杀朝廷命官士卒，是自到此取死讨辱，尚等并不曾领一军一卒，或助诸侯，或伐关隘。太师名振八方，今又到此，未免先有轻举妄动之意，在尚怎敢抗拒。不若依尚愚意：老太师请暂回鸾辔，各守疆界，还是好颜相看；若太师务任一己之私，逆天行事，然兵家胜负，未可知也。还请太师三思，毋损威重。』闻太师被此数语说得面皮通红；又见黄飞虎在宝纛之下，乃大叫曰：『逆臣黄某，出来见我！』飞虎觌面难回，只得向前欠身曰：『末将自别太师，不觉数载；今日又会，不才冤屈庶可伸明。』闻太师喝曰：『满朝富贵，尽在黄门，一旦负君，造反助恶，杀害命官，逆恶贯盈，还来强辩！』命：『哪一员将官先把反臣拿了！』左哨上邓忠大叫曰：『末将愿往。』走马摇斧，来取黄飞虎。飞虎纵五色神牛，手中枪赴面交还。张节使枪也来助邓忠。周营内有大将南宫适敌住。陶荣使锏，飞马前来助战。这壁厢武吉拨马摇枪，抵住陶荣。两阵

上六员战将，三对交锋，来来往往，冲冲撞撞，翻腾上下交加，只杀得天愁地暗，日月无光。辛环见三将不能取胜，把肋下肉翅一夹，飞起半空，手持锤钻，望子牙打来。时有黄天化催开玉麒麟，两柄银锤，抵住辛环。周营众将见成汤营里飞起一人来，虎头冠，面如红枣，尖嘴獠牙，狰狞恶状，惟黄天化战住辛环。闻太师见黄天化坐玉麒麟，知是道德之士，急催开墨麒麟，使两条金鞭，冲杀过来，忙取子牙。子牙忙催动四不像，急架相迎。二兽交加，竟生云雾。这是闻太师头一场西岐大战。怎见得，赞曰：

两下里排门对伍，军政司擂鼓鸣锣。前后军安排赌斗，左右将准备相持。一等等有牙有爪，一等等能走能飞。狻猊、獬豸、狮子、麒麟、欢彪、怪兽、猛虎、蛟龙。狻猊斗，狂风荡荡；獬豸斗，日色辉辉；狮子斗，寒风凛凛；麒麟斗，冷气森森；欢彪斗，来往撺跳；怪兽斗，遍地烟云；蛟龙斗，彩云布合；猛虎斗，卷起狂风。大战一场怎肯休，英雄恶战逞雄赳。若烦解的虫王恨，除是南山老比丘。

且说闻太师鞭法甚利，且有风雷之声，久惯兴师，四方响应，子牙如何敌得住，甚难招架。被闻太师举起雄鞭，飞在空中，此鞭原是两条蛟龙化成，双鞭按阴阳，分二气。那鞭在空中打将下来，正中子牙肩臂，翻鞍落骑。闻太师方欲来取首级，彼时哪吒蹬风火轮，摇枪大叫：『勿要伤吾师叔！』照闻太师面上一枪。太师急架枪时，早被辛甲将子牙救回。闻太师与哪吒战三五回合，又举鞭打哪吒。哪吒不曾防备，也被一鞭打下轮来。早有金吒跃步赶来，将宝剑架住金鞭，欲救哪吒。太师大怒，连发双鞭，雌雄不定，或起或落，连打金、木二吒，又打韩毒龙。幸有杨戬在

侧，看见闻太师好鞭，只打得落花流水，才把银合马飞走出阵，使枪便刺。闻太师见杨戬相貌非俗，心下自忖：『西岐有这些奇人，安得不反！』便把鞭来迎战。数合之内，祭起双鞭，正打中杨戬顶门上，只打得火星迸出，全然不理，一若平常。太师大惊，骇然叹曰：『此等异人，真乃道德之士！』不说闻太师赞叹，且说陶荣战武吉，见诸将都未分胜负，忙把聚风幡取出，连摇数摇，霎时间飞砂走石，播土扬尘，天昏地暗。怎见得好风，只打得众军如风卷残云，丢旗弃鼓；将士尽盔歪甲斜，莫辨东西；败下阵来。有赞为证：

霎时间天昏地暗，一会儿雾起云迷。初起时尘砂荡荡，次后来卷石翻砖。黑风影里，三军乱窜；惨雾之中，战将心忙。会武的刀枪乱法；能文的颠倒慌张。闻太师金鞭龙摆尾；邓忠阔斧似车轮；辛环肉翅世间稀；张节枪传天下少；陶荣奇异聚风旗。这才是雷部神祇施猛烈；西岐众将各逃生。弃鼓丢锣抛满地，尸横马倒不堪题。为国亡身遭剑劈，尽忠舍命定逢伤。闻太师西岐得胜，四天君掌鼓回营。

说话闻太师掌得胜鼓回营，升了帐，众将来贺：『太师头阵之初，挫动西岐锋锐，破此城只在指日矣。』

且说子牙收兵败进城，入府，众将上殿见子牙。子牙曰：『今日着伤诸将：李氏三人、韩毒龙等，尽被闻太师打了。』有杨戬在侧，曰：『丞相且歇息一二日，再与他会战，定胜闻仲。若得胜之时，乘机劫营，先挫其锋，后面势如破竹，闻仲可擒矣。』子牙曰：『善。』只至第三日，西岐炮响，众将出城，安排厮杀。报马报入营来。闻太师见报入营，随即出阵。左右四将分开，太师至阵前。子牙曰：『今日与太师定决一雌雄。』各不答话，二兽相交，鞭

剑并举。子牙左有杨戬，右有哪吒，敌住太师。邓忠走马前来助战；有黄飞虎前来截住厮杀。张、陶二将来助；有武吉、南宫适敌住厮杀。辛环飞来，有黄天化阻住。闻太师酣战之际，又把雌雄鞭起在空中。子牙打神鞭也飞将起来。打神鞭乃玉虚宫元始所赐，此鞭有三七二十一节，一节上有四道符印，打八部正神。闻太师鞭往下打，子牙鞭往上迎，鞭打鞭，把闻太师雌鞭一打两断，落在尘埃。闻太师大叫一声：『好姜尚！今把吾宝贝伤其性命，吾与你势不两立！』子牙复祭打神鞭起去。闻太师难逃这一鞭之祸，一声响，把闻太师打下骑来。幸有门下吉立、余庆催马急救，太师借土遁去了。子牙与众将大杀一阵，方收兵进西岐城。入相府。只见杨戬进曰：『今日劫营之事，定是大胜。』子牙曰：『善。众将暂退，午后听令。』正是：

挖下战坑擒虎豹，满天张网等蛟龙。

且说闻太师败兵进营，升帐坐下；四将参谒。闻太师曰：『自来征伐，未尝有败。今被姜尚打断吾雌鞭，想吾师秘受蛟龙金鞭，今日已绝，有何面目再见吾师也！』四将曰：『胜负军家常事。』且说子牙掌鼓聚将上殿。子牙令黄飞虎、飞彪、黄明等冲闻太师左营；令南宫适、辛甲、辛免四贤冲右营；令哪吒、黄天化为头对，冲大辕门；木吒、金吒、韩毒龙、薛恶虎为二对；龙须虎、武吉保子牙作三对。令杨戬：『你去烧闻太师行粮；老将军黄滚守城垣。』调遣已定。且说闻太师败兵进营，坐于帐下，郁郁不乐。忽然见杀气罩于中军帐，太师焚香，将金钱一卜，早知其意，笑曰：『今劫吾营，非为奇计。』忙传令：『邓忠、张节在左营敌周将；辛环、陶荣在右营战周将；吉立、余庆守行粮；老夫守中营，自然无虞也。』闻太师安排迎敌。却说子牙把众将发落已毕，只等炮响，各人行事。当日将人马暗暗出城，四面八方，俱有号记，灯笼高挑，各按方位。时至初更，一声炮响，三军呐一声喊，大辕门哪吒、黄天化先杀进来；左营黄家父子，右营乃四贤众将，齐冲进来。这一阵不知胜败何如，且听下回分解。

第四十三回　闻太师西岐大战

诗曰：

黑夜交兵实可伤，抛盔弃甲未披裳。
冒烟突火寻归路，失志丢魂觅去乡。
多少英雄茫昧死，几许壮士梦中亡。
谁知吉立多饶舌，又送天君入北邙。

话说子牙与众将来劫闻太师行营，势如风火。只见哪吒蹬风火轮，持火尖枪杀来。闻太师忙上了墨麒麟，抡鞭迎敌。黄天化自恃英勇，持两柄银锤，催动玉麒麟，前来接战，裹住闻太师不放。金木二吒挥宝剑，上前助战。韩毒龙、薛恶虎各持剑左右相攻。杀气纷纷，兵戈闪灼。怎见得一夜好战，有赞为证，赞曰：

黄昏兵到，黑夜军临。黄昏兵到，冲开队伍怎支持；黑夜兵临，撞倒栅栏焉可立。马闻金鼓之声，惊驰乱走；军听喊杀喧哗，难辨你我。刀枪乱刺，那知上下交锋？将士相迎，孰识东西南北？劫营将如同猛虎，踏营军一似欢龙。鸣金小校，擂鼓儿郎。鸣金小校，灰迷二目眼难睁；擂鼓儿郎，两手慌忙槌乱打。初起时，两下抖擞精神；次后来，胜败难分敌手：败了的，似伤弓之鸟，见曲木而高飞；得胜的，如猛虎登崖，闯群羊而弄猛；着刀的，连肩拽背；逢斧的，头断身开；挡剑的，劈开甲胄；中枪的，腹内流红。人撞人，自相践踏；马撞马，遍地尸横。伤残士军，哀哀

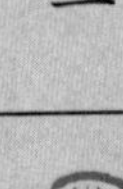

叫苦；带箭儿郎，感感之声。弃金鼓，幡幢满地；烧粮草，四野通红。只知道奉命征讨，谁知道片甲无存。愁云只上九重天，遍地尸骸真惨切。

话说子牙劫闻太师行营，哪吒等把闻太师围困垓心。黄飞虎父子冲左营，与邓忠、张节大战，杀的乾坤暗暗；南宫适、辛甲等冲右营，与辛环、陶荣接战，俱系夜间，只杀的惨惨悲风，愁云滚滚。正酣战之际，杨戬从闻太师后营杀进去，纵马摇枪，只杀至粮草堆上，放起火来。好火！怎见得，有诗为证：

烈焰冲霄势更凶，金蛇万道绕空中。

烟飞卷荡三千里，烧毁行粮天助功。

话说杨戬借胸中三昧真火，将粮草烧着，照彻天地。闻太师正战之间，忽见火起，心中大惊，自思：『粮草被烧，大营难立。』把金鞭架枪、挡剑，无心恋战。又见子牙骑到，把打神鞭祭于中，闻太师难逃这一鞭之厄，只打的闻太师三昧火喷出三四尺远近。太师把墨麒麟纵出圈子，且战且走；黄飞虎等追袭。邓忠、张节见中军失守，只得保着闻太师夺路而走。南宫适等追赶辛环、陶荣。吉立、余庆见势头不好，护持不下，只得败走。辛环肉翅飞在空中，保着闻太师，退走往岐山。不表。

且说终南山玉柱洞云中子在碧游床，忽然想起闻太师征伐西岐，正是雷震子下山之时，忙命金霞童儿：『请你师兄来。』童子去不多时，将雷震子请至碧游床前，倒身下拜。云中子曰：『徒弟，你可往西岐，去见你兄武王姬发，

便可谒见你师叔姜子牙，助他伐纣，你可立功，速去。倘或中途若遇有肉翅之人，便可立功，方不负贫道传你两翅玄功，以助周室。』正是：

两枚仙杏安天下，方保周家八百年。

且说雷震子出洞，把风雷翅一展，脚登天，头往下，二翅腾开，顷刻万里。怎见得，有赞为证：

大雨燕山曾出世，一声雷响现无生。
终南秘授先天诀，八卦炉边师训成。
七岁临潼曾会父，回山学艺更精明。
二枚仙杏分离坎，两翅飞腾有昃盈。
洞府传就黄金棍，展动舒开云雾生。
奉师法旨离玉柱，方见岐山旧有名。

且说雷震子离了终南，把二翅一夹，有风雷之声；飞至西岐山，远远望见闻太师败兵而来。雷震子大喜：『幸遇败兵，正好用心杀他一阵！』且说太师正挫锋锐，慌忙疾走，猛然抬头，见空中飞有一人，面如蓝靛，发似朱砂，獠牙生于上下，好凶恶之像。闻太师叫：『辛环！你看前面飞来一人，甚是凶恶，你可仔细小心！』说犹未了，雷震子大呼曰：『吾来了！』举棍就打。辛环锤钻迎面交还。空中四翅翻腾，锤棍交加响亮。雷震子乃仙传棍法；辛环生就

正话间，忽报：『有一道童求见。』

英雄。怎见得，有赞为证：

四翅在空中，风雷响亮冲：这一个杀气三千丈，那一个灵光透九重；这一个肉身成正道，那一个凡体受神封；这一个棍起生烈焰，那一个锤钻逞英雄。平地征云起，空中火焰凶。金棍光辉分上下，锤钻精通最有功。自来也有将军战，不似空中类转蓬。

话说雷震子中途一战，只杀的辛环抵挡不住，抽身望岐山逃走。雷震子自思：『不可追赶。见了师叔、皇兄，料他还来，终久会我。』遂望西岐城相府中来。不题。

只见众人俱在子牙府里报功，劫营得胜，挫了闻太师的锋锐。子牙大喜，慰劳诸将曰：『今日之胜，皆出汝等之力，圣主社稷生民之福。』众将答曰：『武王洪福，丞相德政，故使闻仲不识时务，失其利也。』正话间，忽报：『有一道童求见。』子牙传：『请。』少时，雷震子进府下拜，口称：『师叔。』子牙曰：『是哪座名山弟子，今至此地？』雷震子答曰：『弟子乃终南山玉柱洞云中子门下雷震子是也；今

奉师命下山，一则谒师叔立功，二则见皇兄相会。」子牙曰：「你皇兄是谁？」雷震子曰：「皇兄乃是武王。」子牙问两边站立殿下：「你们可认得么？」众人曰：「认不得。」雷震子曰：「弟子七岁曾救文王出五关，弟子乃燕山雷震子。」子牙方悟，谓诸将曰：「此子先王曾言，出五关遇雷震子救护。今日进西岐，乃当今之洪福，得此异人。」遂引雷震子往见武王。子牙至皇城，有执殿官启武王：「丞相候旨。」武王传：「宣。」子牙进殿，行礼毕，奏曰：「大王御弟朝见。」武王曰：「孤弟何人？」子牙曰：「昔日先王在燕山收的雷震子，一向在终南山学艺今日方归。」武王命：「请来。」雷震子进内庭，倒身下拜，口称：「皇兄。」武王称：「御弟，昔先王曾言贤弟之功，救危出关，复回终南；今日相逢，实为庆幸！」武王见雷震子形像凶恶，不敢命入内庭，恐惊太姬等。武王曰：「相父与孤代劳，相府宴弟。」子牙曰：「雷震子持斋；只随臣府宅，以便立功。」武王甚喜。雷震子彼时辞王回相府。不题。

且说闻太师兵败岐山七十里，收住败残人马，结下营寨查点，损折军兵二万有余。太师升帐，长叹曰：「自来提兵征伐多年，未尝有挫锋锐；今日到此，失机丧师，殊为痛恨！」心下十分不乐。自思无门；欲调别将，各有镇守。太师乃丹心赤胆，恨不能一刻遂平西地，其心才快；岂意如今失机被辱，只急的当中神目睁开，长吁短叹。吉立近前启曰：「太师不必忧虑。况且三山五岳之中，道友颇多，或请一二位，大事自然可成。」太师听说，「老夫着军务烦冗，紊乱心怀，一时忘却。」遂上帐，吩咐邓、辛二将：「好生看守大营，吾去了。」太师乘了墨麒麟，把风云角一拍，那兽起在空中。正是：

金鳌岛内邀仙友，『封神榜』上早标名。

话说闻太师的墨麒麟周游天下，霎时可至千里，其日行到东海金鳌岛。太师观看大海，青山幽静，因嗟叹曰：『吾因为国事烦琐，先王托孤之重，何日能脱却烦恼，静坐蒲团，参玄悟妙，闲看「黄庭」一卷，任乌兔如梭，何有与我。』真个好海岛，有无穷奇景。怎见得，有赞为证：

势镇汪洋，威宁摇海。潮涌银山鱼入穴，波翻雪浪蜃离渊。木火方隅高积土，东西崖畔耸危巅。丹岩怪石，峭壁奇峰。丹崖上彩凤双鸣；峭壁前麒麟独卧。峰头时听锦鸾啼，石窟每观龙出入。林中有寿鹿、仙狐；树上有灵禽、玄鸟。瑶草奇花不谢；青松翠柏长春。仙桃常结果，修竹每留云。一条涧壑藤萝密，四面源堤草色新。正是：百川会处擎天柱，万劫无移大地根。

话说闻太师到了金鳌岛，下了墨麒麟，看了一回，各处洞门紧闭，并无一人，不知往哪里去了，静悄悄的。闻太师沉吟半晌，自思：『不如往别处去罢。』上了墨麒麟，方出岛来，后有人叫曰：『闻道兄！往哪里去？』闻太师回顾，见来者乃菡芝仙也。忙上前稽首曰：『道友往哪里去？』菡芝仙答曰：『特来会你。金鳌岛众道友为你往白鹿岛去练阵图。前日申公豹来请俺们往西岐助你。我如今在八封炉中炼一物，功尚未成，若是完了，随即就至。众道友现在白鹿岛：道兄，你可速去。』闻太师听说大喜，遂辞了菡芝仙，径往白鹿岛来，霎时而至。只见众道人：或带一字巾、九扬巾，或鱼尾金冠、碧玉冠，或挽双抓髻，或陀头打扮，俱在山坡前闲说，不在一处。闻太师看见，大呼曰：『列位道友，好自在也！』众道人回头，见是闻太师，俱起身相迎。内有秦天君曰：『闻得道兄征伐西岐，前日申公豹在此相邀助你，吾等在此练十阵图，方得完备。适道兄到临，真是万千之幸！』闻太师问曰：『兄练的哪十阵？』秦天君曰：『吾等这十阵，各有妙用。明日至西岐摆下，其中变化无穷。』闻太师看罢，曰：『为何只有九位，却少一位？』秦天君曰：『金光圣母往白云岛去练他的金光阵，其玄妙大不相同，因此少他一位。』董天君曰：『列位阵图可曾完么？』众道人曰：『俱完了。』『既完了，我们先往西岐。闻兄耗此等金光圣母同来。你意下如何？』闻太师曰：『既蒙列位道兄雅爱，闻仲感戴荣光万万矣。此是极妙之事。』九位道人辞了闻太师，借水遁先往西岐而来。怎见得，有诗为证：

天下嬉游半月功，倏来倏去任西东，
仙家妙用无穷际，岂似凡夫驾彩虹。

不说九位道者往西岐山，到了营里。且说闻太师坐在山坡，倚松靠石，未及片时，只见正南上五点斑豹驹上坐一人，带鱼尾金冠，身穿大红八卦衣，腰束丝绦，脚登云履，背一包袱，挂两口宝剑，如飞云掣电而来。望见白鹿岛前不见众人，只见一位穿红、三只眼、黄脸长髯的道者，却原来是闻太师。金光圣母急下坐骑，曰：『闻兄何来？』二人施礼。问：『九位道友往哪里去了？』太师曰：『他们先往岐山去，留吾在此等候同行。』二

旁有杨戬答曰：『闻太师新败，去了半月，弟子闻此人乃截教门下，必定别请左道旁之客，也要仔细防护。』

人大喜，齐上坐骑，驾起云光，往岐山而来，霎时便至。到了行营，吉立领众将迎接，上中军帐，与众道人相见。秦天君曰：『西岐城在哪里？』闻太师曰：『因吾前夜败兵，退至七十里安营，此处乃是岐山。』众人曰：『我们连夜起兵前去。』闻太师令邓忠前队起兵，整点人马，一声炮响，杀奔西岐城来，安了行营，三军放定营大炮，呐喊传更。

子牙在相府自因得胜，与众将逐日议论天下大事，忽听喊声，子牙曰：『闻太师想必取得援兵至矣。』旁有杨戬答曰：『闻太师新败，去了半月，弟子闻此人乃截教门下，必定别请左道旁门之客，也要仔细防护。』子牙听罢，心下疑惑，乃同哪吒、杨戬等都上城来观看，闻太师行营今番大不相同。子牙见营中愁云惨惨，冷雾飘飘，杀光闪闪，悲风切切；又有十数道黑气，冲于霄汉，笼罩中军帐内。子牙看罢，惊讶不已。诸弟子默默不言。只得下城入府，共议破敌，实是无策。

且说闻太师安了营，与十天君共议破西岐之策。袁天君曰：『吾闻姜子牙是昆仑门下。想二教皈依，总是一理，如红尘杀伐，吾等不必动此念头；既练有十阵，我们先与他斗智，方显两教中玄妙。若要倚勇斗力，皆非我等道门所为。』闻太师曰：『道兄之言甚善。』次日，成汤营里炮声一响，布开阵势。闻太师乘墨麒麟，坐名请子牙答话。报进相府。子牙随调三军，摆出城来，幡分五色，众将轩昂；子牙坐四不像上，看成汤营里布成阵势。只见闻太师坐麒麟，执金鞭在前，后面有十位道者，好凶恶！脸分五色：青、黄、赤、白、红，俱皆骑鹿而来。怎见得，有诗为证：

青丝上搭一纶巾，腹内玄机动万人。
无福成仙称道德，『封神榜』上列其身。

话说秦天君乘鹿上前，见子牙打稽首，曰：『姜子牙请了！』子牙欠背躬身答曰：『道兄请了。不知列位道兄是哪座名山？何处洞府？』秦天君答曰：『吾乃金鳌岛炼气士秦完是也。汝乃昆仑门客，吾是截教门人，为何你倚道术欺侮吾数？甚非你我道家体面。』子牙答道：『道友何以见得我欺侮贵教？』秦完曰：『你将九龙岛魔家四人诛戮，岂非侮吾教？我等今下山，与你见个雌雄。非是倚勇，吾等各以秘授略见功夫。吾等又不是凡夫俗子，恃强斗勇，皆非仙体。』秦完说罢，子牙曰：『道兄通明达显，普照四方，复始巡终，周流上下，原无二致。纣王无道，绝灭纪纲，王气黯然。西土仁君已现，当顺天时，莫迷己性。况鸣凤在岐山，应生圣贤之兆。从来有道克无道，有福催无福，正能克邪，邪不能犯正。道兄幼访名师，深悟大道，岂可不明道理！』秦完曰：『据你所言，周为真命之主，纣王乃无道之君。吾等此来，助纣灭周，难道便是不应天时？这也不在口中讲。姜子牙，吾在岛中曾练有十阵，摆与子牙过目。不必倚强，恐伤上帝好生之仁，累此无辜黎庶，勇悍儿郎，智勇将士，遭此劫运，而糜烂其肌体也。不识子牙意下如何？』子牙曰：『道兄既有此意，姜尚岂敢违命。』只见十道人俱回骑进营，一两个辰，把十阵俱摆将出来。秦完复至阵前曰：『子牙，贫道十阵图已完，请公细玩。』子牙曰：『领教了。』随带哪吒、黄天化、雷震子、杨戬四位门人来看阵。闻太师在辕门与十道人细看，子牙领来四人：一个站在风火轮上，提火尖枪，是哪吒；玉麒麟上是黄天化；雷震子狰狞异相；杨戬道气昂然。只见杨戬向前对秦天君曰：『吾等看阵，不可以暗兵、暗宝暗算吾师叔，非大丈夫之所为也。』秦完笑曰：『叫你等早晨死，不敢午时亡。岂有将暗宝伤你等之理！』哪吒曰：『口说无凭，发手可见。道者休得夸口！』四人保定子牙看阵。见头一阵，挑起一牌，上书『天绝阵』；第二上书『地烈阵』；第三上书『风吼阵』；第四上书『寒冰阵』；第五上书『金光阵』；第六上书『化血阵』；第七上书『烈焰阵』；第八上书『落魂阵』；第九上书『红水阵』；第十上书『红砂阵』。子牙看毕，复至阵前。秦天君曰：『子牙识此阵否？』子牙曰：『十阵俱明，吾已知之。』袁天君曰：『可能破否？』子牙曰：『既在道中，怎不能破？』袁天君曰：『几时来破？』子牙曰：『此阵尚未完全。待你完日，用书知会，方破此阵。请了！』闻太师同诸道友回营。子牙进城，入相府，好愁！真是双锁眉尖，无筹可展。杨戬在侧曰：『师叔方才言能破此阵，其实可能破得否？』子牙曰：『此阵乃截教传来，皆稀奇之幻法，阵名罕见，焉能破得？』不言子牙烦恼。且说闻太师同十位道者入营，治酒款待。饮酒之间，闻太师曰：『道友，此十阵有何妙用可破西岐？』秦天君开讲十绝大阵。不知有何奥妙，且听下回分解。

第四十四回　子牙魂游昆仑山

诗曰：

左道妖魔事更偏，咒诅魇魅古今传。
伤人不用飞神剑，索魄何须取命笺。
多少英雄皆弃世，任他豪杰尽归泉。
谁知天意俱前定，一脉游魂去复连。

话说秦天君讲『天绝阵』，对闻太师曰：『此阵乃吾师曾演先天之数，得先天清气，内藏混沌之几，中有三首旛，按天、地、人三才，共合为一气。若人入此阵内，有雷鸣之处，化作灰尘；仙道若逢此处，肢体震为粉碎。故曰「天绝阵」也。有诗为证：

天地三才颠倒推，玄中玄妙更难猜。
神仙若遇「天绝阵」，顷刻肢体化成灰。』

闻太师听罢大喜。又问：『「地烈阵」如何？』赵天君曰：『吾「地烈阵」亦按地道之数，中藏凝厚之体，处现隐跃之妙，变化多端，内隐一首红旛，招动处，上有雷鸣，下有火起。凡人、仙进此阵，再无复生之理；纵有五行妙术，怎逃此厄！有诗为证：

「地烈」炼成分浊厚，上雷下火太无情。

就是五行乾健体，难逃骨化与形倾。』

闻太师又问：『「风吼阵」何如？』董天君曰：『吾「风吼阵」中藏玄妙，按地、水、火、风之数，内有风、火。此风、火乃先天之气，三昧真火，百万兵刃，从中而出。若人、仙进此阵，风、火交作，万刃齐攒，四肢立成齑粉。怕他有倒海移山之异术，难逃身体化成脓。有诗为证：

「风吼阵」中兵刃窝，暗藏玄妙若天罗，

伤人不怕神仙体，消尽浑身血肉多。』

闻太师又问：『「寒冰阵」内有何妙用？』袁天君曰：『此阵非一日功行乃能炼就，名为「寒冰」，实为刀山。内藏玄妙，中有风雷，上有冰山如狼牙，下有冰块如刀剑。若人、仙入此阵，风雷动处，上下一磕，四肢立成齑粉。纵有异术，难免此难。有诗为证：

玄功炼就号「寒冰」，一座刀山上下凝。

若是人仙逢此阵，连皮带骨尽无凭。』

闻太师又问：『「金光阵」妙处何如？』金光圣母曰：『贫道「金光阵」，内夺日月之精，藏天地之气，中有二十一面宝镜，用二十一根高杆，每一面悬在高杆顶上，一镜上有一套。若人、仙入阵，将此套拽起，雷声震动镜

子，只一二转，金光射出，照住其身，立刻化为脓血。纵会飞腾，难越此阵。有诗为证：

宝镜非铜又非金，不向炉中火内寻。
纵有天仙逢此阵，须臾形化更难禁。』

闻太师又问：『「化血阵」如何用度？』孙天君曰：『吾此阵法，用先天灵气，中有风雷，内藏数片黑砂。但人、仙入阵，雷响处，风卷黑砂，些须着处，立化血水。纵是神仙，难逃利害。有诗为证：

黄风卷起黑砂飞，天地无光动杀威。
任你神仙闻此气，涓涓血水溅征衣。』

闻太师又问：『「烈焰阵」又是如何？』白天君曰：『吾「烈焰阵」妙用无穷，非同凡品：内藏三火，有三昧火、空中火、石中火。三火并为一气。中有三首红幡。若人、仙进此阵内，三幡展动，三火齐飞，须臾成为灰烬。纵有避火真言，难躲三昧真火。有诗为证：

燧人方有空中火，炼养丹砂炉内藏。
坐守离宫为首领，红幡招动化空亡。』

太师问：『「落魂阵」奇妙如何？』姚天君曰：『吾此阵非同小可，乃闭生门，开死户，中藏天地厉气，结聚而成。内有白纸幡一首，上存符印。若人、仙入阵内，白幡展动，魄消魂散，顷刻而灭；不论神仙，随入随灭。有诗为证：

白纸幡摇黑气生，炼成妙术透虚盈。
从来不信神仙体，入阵魂消魄自倾。』

太师又问：『如何为「红水阵」？其中妙用如何？』王天君曰：『吾「红水阵」内夺壬癸之精，藏天乙之妙，变幻莫测。中有一八卦台，台上有三个葫芦，任随人、仙入阵，将葫芦往下一掷，倾出红水，汪洋无际，若其水溅出一点粘在身上，顷刻化为血水。纵是神仙，无术可逃。有诗为证：

炉内阴阳真奥妙，炼成壬癸里边藏。
饶君就是金钢体，遇水粘身顷刻亡。』

闻太师又问：『「红砂阵」毕竟愈出愈奇，更烦请教，以快愚意。』张天君曰：『吾「红砂阵」果然奇妙，作法更精。内按天、地、人三才，中分三气，内藏红砂三斗——看似红砂，着身利刃，上不知天，下不知地，中不知人。若人、仙冲入此阵，风雷运处，飞砂伤人，立刻骸骨俱成齑粉。纵有神仙佛祖，遭此再不能逃。有诗为证：

红砂一撮道无穷，八卦炉中玄妙功。
万象包罗为一处，方知截教有鸿濛。』

闻太师听罢，不觉大喜：『今得众道友到此，西岐指日可破。纵有百万甲兵，千员猛将，无能为矣。实乃社稷之福也！』内有姚天君曰：『列位道兄，据贫道论起来，西岐城不过弹丸之地，姜子牙不过浅行之夫，怎经得十绝

子牙只得勉强出来，升了殿。众将上前，议论军前等事。

阵起！只小弟略施小术，把姜子牙处死，军中无主，西岐自然瓦解。常言「蛇无头而不行，军无主而自乱」。又何必区区与之较胜负哉？』闻太师曰：『道兄若有奇功妙术，使姜尚自死，又不张弓持矢，不致军士涂炭，此幸之幸也。敢问如何治法？』姚天君曰：『不动声色，二十一日自然命绝。子牙纵是脱骨神仙，超凡佛祖，也难逃躲。』闻太师大喜，更问详细。姚天君附太师耳曰：『须……如此如此，自然命绝。又何劳众道兄费心。』闻太师喜不自胜，对众道友曰：『今日姚兄施大法力，为我闻仲治死姜尚，尚死，诸将自然瓦解，功成至易。真所谓樽俎折冲，谈笑而下西岐。大抵今皇上洪福齐天，致感动列位道兄扶助。』众人曰：『此功让姚贤弟行之，总为闻兄，何言劳逸。』姚天君让过众人，随入『落魂阵』内，筑一土台，设一香案，台上扎一草人；草人身上写『姜尚』的名字；草人头上点三盏灯，足下点七盏灯。上三盏名为催魂灯，下七盏名为促魄灯。姚天君在其中，披发仗剑，步罡念咒于台前，发符用印于空中，一日拜三次。连拜了三四日，就把子牙拜的颠三

倒四，坐卧不安。

不说姚天君行法，且说子牙坐在相府与诸将商议破阵之策，默默不言，半筹无画。杨戬在侧，见姜丞相或惊或怪，无策无谋，容貌比前大不相同，心下便自疑惑：『难道丞相曾在玉虚门下出身，今膺重寄，况上天垂象，应运而兴，岂是小可；难道就无计破此十阵，便自颠倒如此！其实不解。』杨戬甚是忧虑。又过七八日，姚天君在阵中把子牙拜掉了一魂二魄。子牙在相府，心烦意躁，进退不宁，十分不爽利，整日不理军情，慵懒常眠。众将、门徒俱不解是何缘故，也有疑无策破阵者，也有疑深思静摄者。不说相府众人猜疑不一。又过十四五日，姚天君将子牙精魂气魄，又拜去了二魂四魄。子牙在府，不时鼾睡，鼻息如雷。且说哪吒、杨戬与众大弟子商议曰：『方今兵临城下，阵摆多时，师叔全不以军情为重，只是鼾睡，此中必有缘故。』杨戬曰：『据愚下观丞相所为，恁般颠倒，连日如在醉梦之间；似此动作，不像前番，似有人暗算之意。不然，丞相学道昆仑，能知五行之术，善察阴阳祸福之机，安有昏迷如是，置大事若不理者！其中定有说话。』众人齐曰：『必有缘故。我等同入卧室，请上殿来，商议破敌之事，看是如何。』众人至内室前，问内侍人等：『丞相何在？』左右侍儿应曰：『丞相浓睡未醒。』众人命侍儿请丞相至殿上议事。侍儿忙入室请子牙出得内室，门外武吉上前告曰：『老师每日安寝，不顾军国重务，关系甚大，将士忧心，恳求老师速理军情，以安周土。』子牙只得勉强出来，升了殿。众将上前，议论军前等事。子牙只是不言不语。如痴如醉。忽然一阵风响，哪吒没奈何，来试试子牙阴阳如何。哪吒曰：『师叔在上：此风甚是凶恶，不知主何凶吉？』

子牙掐指一算，答曰：『今日正该刮风，原无别事。』众人不敢抵触。看官：此时子牙被姚天君拜去了魂魄，心中模糊，阴阳差错了，故曰『该刮风』，如何知道祸福。当日众人也无可奈何，只得各散。言休烦絮，不觉又过了二十日。姚天君把子牙二魂六魄俱已拜去了，止有得一魂一魄，其日竟拜出泥丸宫，子牙已死在相府。众弟子与门下诸将官，连武王驾至相府，俱环立而泣。武王亦泣而言曰：『相父为国勤劳，不曾受享安康，一旦致此，于心何忍，言之痛心！』众将听武王之言，不觉大痛。杨戬含泪，将子牙身上摸一摸，只见心口还热，忙来启武王曰：『不要忙，丞相胸前还热，料不能就死。且停在卧榻。』

不言众将在府中慌乱。单言子牙一魂、一魄，飘飘荡荡，杳杳冥冥，竟往封神台来。时有清福神迎迓，见子牙是魂魄，清福神柏鉴知道天意，忙将子牙魂魄轻轻的推出封神台来。但子牙原是有根行的人，一心不忘昆仑，那魂魄出了封神台，随风飘飘荡荡，如絮飞腾，径至昆仑山来。适有南极仙翁闲游山下，采芝炼药，猛见子牙魂魄渺渺而来，南极仙翁仔细观看，方知是子牙的魂魄。仙翁大惊曰：『子牙绝矣！』慌忙赶上前，一把绰住了魂魄，装在葫芦里面，塞住了葫芦口，径进玉虚宫，启掌教老师。才进得宫门，后面有人叫曰：『南极仙翁不要走！』仙翁及至回头看时，原来是太华山云霄洞赤精子。仙翁曰：『道友哪里来？』赤精子曰：『闲居无事，特来会你游海岛，适山岳，访仙境之高明野士，看其着棋闲耍，如何？』仙翁曰：『今日不得闲。』赤精子曰：『如今止了讲，你我正得闲。他日若还开讲，你我俱不得闲矣。今日反说是不得闲，兄乃欺我。』仙翁曰：『我有要紧事，不得陪兄，岂为不得闲之

说。」赤精子曰：『吾知你的事：姜子牙魂魄不能入窍之说，再无他意。』仙翁曰：『你何以知之？』赤精子曰：『适来言语，原是戏你。我正为子牙魂魄赶来。我因先到西岐山，封神台上见清福神柏鉴，说：「子牙魂魄方才至此，被我推出，今游昆仑山去了。」故此特地赶来。方才见你进宫，故意问你。今子牙魂魄果在何处？』仙翁曰：『适间闲游崖前，只见子牙魂魄飘荡而至，及仔细观看方知；今已被吾装在葫芦内，要启老师知之，不意足下至。』赤精子曰：『多大事情，惊动教主。你将葫芦拿来与我，待吾去救子牙走一番。』仙翁把葫芦付与赤精子。赤精子心慌意急，借土遁离了昆仑，霎时来至西岐，到了相府前，有杨戬接住，拜倒在地，口称：『师伯今日驾临，想是为师叔而来。』赤精子答曰：『然也。快为通报！』杨戬入内，报与武王。武王亲自出迎。赤精子至银安殿，对武王打个稽首。武王竟以师礼待之，尊于上坐。赤精子曰：『贫道此来，特为子牙下山。如今子牙死在哪里？』武王同众将士引赤精子进了内榻。赤精子见子牙合目不言，仰面而卧。赤精子曰：『贤王不必悲啼，毋得惊慌，只令他魂魄还体，自然无事。』赤精子同武王复至殿上。武王请问曰：『道长，相父不绝，还是用何药饵？』赤精子曰：『不必用药，自有妙用。』杨戬在旁问曰：『几时救得？』赤精子曰：『只消至三更时，子牙自然回生。』众人俱各欢喜。不觉至晚，已到三更。杨戬来请，赤精子整顿衣袍，起身出城。只见十阵内黑气迷天，阴云布合，悲风飒飒，冷雾飘飘，有无限鬼哭神嚎，竟无底止。赤精子见此阵十分险恶，用手一指，足下先现两朵白莲花，为护身根本，后将麻鞋踏定莲花，轻轻起在空中。正是仙家妙用。怎见得，有诗为证：

道人足下白莲花，顶上祥光五色呈。
只为神仙犯杀戒，『落魂阵』内去留名。

话说赤精子站在空中，见十阵好生凶恶，杀气贯于天界，黑雾罩于岐山。赤精子正看，只见『落魂阵』内姚斌在那里披发仗剑，步罡踏斗于雷门；又见草人顶上一盏灯，昏昏惨惨，足下一盏灯，半灭半明。姚斌把令牌一击，那灯往下一灭，一魂一魄在葫芦中一迸；幸葫芦口儿塞住，焉能迸得出来。姚天君连拜数拜，其灯不灭。大抵灯不灭，魂不绝。姚斌不觉心中焦躁，把令牌一拍，大呼曰：『二魂六魄已至，一魂一魄为何不归！』不言姚天君发怒连拜。且说赤精子在空中，见姚斌方拜下去，把足下二莲花往下一坐，来抢草人。不意姚斌拜起抬头，看见有人落将下来，乃是赤精子。姚斌曰：『赤精子，原来你敢入吾「落魂阵」抢姜尚之魂！』忙将一把黑砂望上一洒。赤精子慌忙疾走；饶着走的快，把足下二朵莲花落在阵里。赤精子几乎失陷落魂阵中；急忙驾遁，进了西岐。杨戬接住，见赤精子面色恍惚，喘息不定。杨戬曰：『老师可曾救回魂魄？』赤精子摇头连曰：『好利害！好利害！「落魂阵」几乎连我陷于里面！饶我走得快，犹把我足下二朵白莲花打落在阵中。』武王闻说，大哭曰：『若如此言，相父不能回生矣！』赤精子曰：『贤王不必忧虑，料是无妨。此不过系子牙灾殃，如此迟滞，贫道如今往个所在去来。』武王曰：『老师往哪里去？』赤精子曰：『吾去就来。你们不可走动，好生看待子牙。』吩咐已毕，赤精子离了西岐，脚踏祥光，借土遁来至昆仑山。不一时，有南极仙翁出玉虚宫而来，见赤精子至，忙问：『子牙魂魄可曾回？』赤精子把前事说了一遍，『……借重道兄，启师尊，问个端的：怎生救得子牙？』仙翁听说，入宫至宝座下，行礼毕，把子牙事细细陈说一番。元始曰：『吾虽掌此大教，事体尚有疑难。你叫赤精子可去八景宫见大老爷，便知始末。』仙翁领命出宫来，对赤精子曰：『老师吩咐：你可往八景宫去参谒大老爷，便知端的，』赤精子辞了南极仙翁，驾祥云往玄都而来。不一时已到仙山。此处乃大罗宫玄都洞，是老子所居之地；内有八景宫，仙境异常，令人把玩不暇。有诗为证，诗曰：

仙峰巅险，峻岭崔嵬。坡生瑞草，地长灵芝。根连地秀，顶接天齐。青松绿柳，紫菊红梅。碧桃银杏，火枣交梨。仙翁判画，隐者围棋。群仙谈道，静讲玄机。闻经怪兽，听法狐狸。彪熊剪尾，豹舞猿啼。龙吟虎啸，翠落莺飞。犀牛望月，海马声嘶。

异禽多变化，仙鸟世间稀。

孔雀谈经句，仙童玉笛吹。

怪松盘古顶，宝树映沙堤。

山高红日近，涧阔水流低。

清幽仙境院，风景胜瑶池。

此间无限景，世上少人知。

话说赤精子至玄都洞，见上面一联云：

道判混元，曾见太极两仪生四象；

鸿濛传法，又将胡人西度出函关。

赤精子在玄都洞外，不敢擅入。等候一会，只见玄都大法师出宫外，看见赤精子，问曰：『道友到此，有甚么大事？』赤精子打稽首，口称：『道兄，今无甚事，也不敢擅入。只因姜子牙魂魄游荡的事……』细说一番，『特奉师命，来见老爷。敢烦通报。』玄都大法师听说，忙入宫，至蒲团前行礼，启曰：『赤精子宫门外听候法旨。』老子曰：『招他进来。』赤精子入宫，倒身下拜：『弟子愿老师万寿无疆！』老子曰：『你等犯了此劫，「落魂阵」姜尚有愆，吾之宝「落魂阵」亦遭此厄，都是天数。汝等谨受法戒。』叫玄都大法师：『取太极图来。』付与赤精子：『将吾此图……如此行去，自然可救姜尚。你速去罢。』赤精子得了太极图，离了大罗宫，一时来至西岐。武王闻说赤精子回来，与众将迎迓至殿前。武王忙问曰：『老师哪里去来？』赤精子曰：『今日方救得子牙。』众将听说，不觉大喜。杨戬曰：『老师，

赤精子入宫，倒身下拜：『弟子愿老师万寿无疆！』

还到甚时候？』赤精子曰：『也到三更时分。』诸弟子专专等至三更来请，赤精子随即起身。出城行至十阵门前，捏土成遁，驾在空中，只见姚天君还在那里拜伏。赤精子将老君太极图打散抖开，——此图乃老君劈地开天，分清理浊，定地、水、火、风，包罗万象之宝。化了一座金桥，五色毫光，照耀山河大地，护持着赤精子往下一坠，一手正抓住草人，望空就走。姚天君忽见赤精子二进『落魂阵』来，大叫曰：『好赤精子！你又来抢我草人！甚是可恶！』忙将一斗黑砂望上一泼。赤精子叫一声：『不好！』把左手一放，将太极图落在阵里，被姚天君所得。且说赤精子虽把草人抓出阵来，反把太极图失了，吓得魂不附体，面如金纸，喘息不定，在土遁内，几乎失利；落下遁光，将草人放下，把葫芦取出，收了子牙二魂六魄，装在葫芦里面，往相府前而来。只见众弟子正在此等候。远远望见赤精子忻然而来，杨戬上前请问曰：『老师！师叔魂魄可曾取得来么？』赤精子曰：『子牙事虽完了，吾将掌教大老爷的奇宝失在「落魂阵」，吾未免有陷身之祸！』众将同进相府。武王闻得取子牙魂魄已至，不觉大喜。赤精子至子牙卧榻，将子牙头发分开，用葫芦口合住子牙泥丸宫，连把葫芦敲了三四下，其魂魄依旧入窍。少时，子牙睁开眼，口称：『好睡！』急至看时，卧榻前武王、赤精子、众门人。子牙跃身而起。武王曰：『若非此位老师费心，焉得相父今生再面！』这会子牙方才醒悟，便问：『道兄何以知之，而救不才也？』赤精子把『十绝阵内有一「落魂阵」，姚斌将你魂魄拜入草人，腹内止得一魂一魄，天不绝你，魂游昆仑，我为你赶入玉虚宫，讨你魂魄；复入大罗宫，蒙掌教大老爷赐太极图救你；不意失在「落魂阵」中。』子牙听毕，自悔根行甚浅，不能俱知始末，『太极图乃玄妙之珍，今已误陷，奈何？』赤精子曰：『子牙且调养身体，待平复后，共议破阵之策。』武王回驾。子牙调养数日，方才全愈。

翌日升殿，赤精子与诸人共议破阵之法。赤精子曰：『此阵乃左道旁门，不知深奥。既有真命，自然安妥。』言未毕，杨戬启子牙：『二仙山麻姑洞黄龙真人到此。』子牙迎接至银安殿，行礼毕，分宾主坐下。子牙曰：『道兄今到此，有何事见谕？』黄龙真人曰：『特来西岐，共破十绝阵。方今吾等犯了杀戒，轻重有分；众道友咫尺即来。此处凡俗不便，贫道先至，与子牙议论。可在西门外，搭一芦篷席殿，结彩悬花，以便三山五岳道友齐来，可以安歇。不然，有亵众圣，甚非尊贤之理。』子牙传令：『着南宫适、武吉起造芦篷，安放席殿。』又命杨戬在相府门首，但有众老师至，随即通报。赤精子对子牙曰：『吾等不必在此商议，候造篷工完，篷上议事可也。』话非一日，武吉来报工完。子牙同二位道友、众门人，都出城来听用，止留武成王掌府事。话说子牙上了芦篷，铺毡佃地，悬花结彩，专候诸道友来至。大抵武王为应天顺人，仙圣自不绝而来。先来的是：

九仙山桃园洞广成子，

太华山云霄洞赤精子，

二仙山麻姑洞黄龙真人，

狭龙山飞云洞惧留孙（后入释成佛），

乾元山金光洞太乙真人，

崆峒山元阳洞灵宝大法师，

五龙山云霄洞文殊广法天尊（后成文殊菩萨），

九功山白鹤洞普贤真人（后成普贤菩萨），

普陀山落伽洞慈航道人（后成观世音大士），

玉泉山金霞洞玉鼎真人，

金庭山玉屋洞道行天尊，

青峰山紫阳洞清虚道德真君。

子牙径往迎接，上篷坐下。内有广成子曰：『众位道友，今日前来，兴废可知，真假自辨。子牙公几时破十绝阵？吾等听从指教。』子牙听得此言，魂不附体，欠身言曰：『列位道兄，料不才不过四十年毫末之功，岂能破得此十绝阵！乞列位道兄怜姜尚才疏学浅，生民涂炭，将士水火，敢烦哪一位道兄，与吾代理，解君臣之忧烦，黎庶之倒悬，真社稷生民之福矣。姜尚不胜幸甚！』广成子曰：『吾等自身难保无虞，虽有所学，不能克敌此左道之术。』彼此互相推让。正说间，只见半空中有鹿鸣，异香满地，遍处氤氲。不知是谁来至，且听下回分解。

第四十五回　燃灯议破十绝阵

诗曰：

『天绝阵』中多猛烈，若逢『地烈』更难堪。
秦完凑数皆天定，袁角遭诛是性贪。
雷火烧残今已两，捆仙缚去不成三。
区区十阵成何济，赢得『封神榜』上谈。

话说众人正议破阵主将，彼此推让，只见空中来了一位道人，跨鹿乘云，香风袭袭。怎见得他相貌稀奇，形容古怪？真是仙人班首，佛祖源流。有诗为证：

一天瑞彩光摇曳，五色祥云飞不彻。
鹿鸣空内九皋声，紫芝色秀千层叶。
中间现出真人相，古怪容颜原自别。
神舞虹霓透汉霄，腰悬宝录无生灭。
灵鹫山下号燃灯，时赴蟠桃添寿域。

众仙知是灵鹫山圆觉洞燃灯道人，齐下篷来，迎接上篷，行礼坐下。燃灯曰：『众道友先至，贫道来迟，幸勿以此介意。方今十绝阵甚是凶恶，不知以何人为主？』子牙欠身打躬曰：『专候老师指教。』燃灯曰：『吾此来，实与子牙代劳，执掌符印；二则众友有厄，特来解释，三则了吾念头。子牙公请了！可将符印交与我。』子牙与众人俱大喜曰：『道长之言，甚是不谬。』随将印符拜送燃灯。燃灯受印符，谢过众道友，方打点议破十阵之事，正是：

雷部正神施猛力，神仙杀戒也难逃。

话说燃灯道人安排破阵之策，不觉心上咨嗟：『此一劫必损吾十友。』

且说闻太师在营中请十天君上帐，坐而问曰：『十阵可曾完全？』秦完曰：『完已多时。可着人下战书，知会早早成功，以便班师。』闻太师忙修书，命邓忠往子牙处来下战书。有哪吒见邓忠来至，便问曰：『有何事至此？』邓忠答曰：『来下战书。』哪吒报与子牙：『邓忠下书。』子牙命：『接上来。』书曰：

征西大元戎太师闻仲书奉丞相姜子牙麾下：古云：「率土之滨，莫非王臣。」今无故造反，是得罪于天下，为天下所共弃者也。屡奉天讨，不行悔罪，反恣肆强暴，杀害王师，致辱朝廷，罪亦罔赦。今摆此十绝阵已完，与尔共决胜负。特着邓忠将书通会，可准定日期，候尔破敌。战书到日，即此批宣。

子牙看罢书，原书批回：『三日后会战。』邓忠回见太师，『三日后会阵。』闻太师乃在大营中设席，款待十天君，大吹大擂饮酒。饮至三更，出中军帐，猛见周家芦篷里众道人顶上现出庆云瑞彩，或金灯贝叶，璎珞垂珠，似檐前滴水，涓涓不断。十天君惊曰：『昆仑山诸人到了！』众皆骇异，各归本阵，自去留心。不觉便是三日。那日早

晨，成汤营里炮响，喊声齐起，闻太师出营，在辕门口，左右分开队伍，乃邓、辛、张、陶四将；十阵主各安方向而立。只见西岐芦篷里，隐隐幡飘，霭霭瑞气，两边摆三山五岳门人。只见头一对是哪吒、黄天化出来；二对是杨戬、雷震子；三对是韩毒龙、薛恶虎；四对是金吒、木吒。怎见得，有诗为证：

玉磬金钟声两分，西岐城下吐祥云。
从今大破十绝阵，雷祖英名万载闻。

话说燃灯掌握元戎，领众仙下篷，步行排班，缓缓而行。只见赤精子对广成子；太乙真人对灵宝大法师；道德真君对惧留孙；文殊广法天尊对普贤真人；慈航道人对黄龙真人；玉鼎真人对道行天尊；十二代上仙，齐齐整整摆出；当中梅花鹿上坐燃灯道人；赤精子击金钟；广成子击玉磬。只见『天绝阵』内一声钟响，阵门开处，两杆幡摇，见一道人，怎生模样：面如蓝靛，发似朱砂，骑黄斑鹿出阵。但见：

莲子箍，头上着；绛绡衣，绣白鹤。手持四楞黄金锏，暗带擒仙玄妙索。荡三山，游五岳，金鳌岛内烧丹药。只因烦恼共嗔痴，不在高山受快乐。

且说『天绝阵』内秦天君飞出阵来。燃灯道人看左右，暗思：『并无一个在劫先破此阵之人……』正话说未了，忽然空中一阵风声，飘飘落下一位仙家，乃玉虚宫第五位门人邓华是也；拎一根方天画戟。见众道人，打个稽首，曰：『吾奉师命，特来破「天绝阵」。』燃灯点首自思曰：『数定在先，怎逃此厄！』尚未回言，只见秦天君大呼曰：『玉虚教下谁来见吾此阵？』邓华向前言曰：『秦完慢来，不必恃强，自肆猖獗！』秦完曰：『你是何人，敢出大言？』邓华曰：『业障！你连我也认不得了！吾乃玉虚门下邓华是也。』秦完曰：『你敢来会我此阵否？』邓华曰：『既奉敕下山，怎肯空回！』提画戟就刺。秦完催鹿相还，步鹿交加，杀在『天绝阵』前，怎见得：

这一个轻移道步；那一个兜转黄斑。轻移道步，展动描金五色幡；兜转黄斑，金锏使开龙摆尾。这一个道心退后恶心生；那一个那顾长生真妙诀。这一个蓝脸上杀光直透三千丈；那一个粉脸上恶气冲破五云端。一个是雷部天君施威仗勇；一个是日宫神圣气概轩昂。正是：封神台上标名客，怎免诛身戮体灾。

话说秦天君与邓华战未及三五回合，空丢一锏，往阵内就走。邓华随后赶来；见秦完走进阵门去了，邓华也赶入阵内。秦天君见邓华赶急，上了板台，台上有几案，案上有三首幡。秦天君将幡执在手，左右连转数转，将幡往下一掷，雷声交作，只见邓华昏昏惨惨，不知南北西东，倒在地下。秦完下板台，将邓华取了首级，拎出阵来，大呼曰：『昆仑教下，谁敢再观吾「天绝阵」也！』燃灯看见邓华首级，不觉咨嗟：『可怜数年道行，今日结果！』又见秦完复来叫阵，乃命文殊广法天尊先破此阵，燃灯吩咐：『务要小心！』文殊曰：『知道。』领法牒。作歌出曰：

欲试锋芒敢惮劳，凌霄宝匣玉龙号。

手中紫气三千丈，顶上凌云百尺高。

金阙晓临谈道德，玉京时去种蟠桃。

奉师法旨离仙府，也到红尘走一遭。

文殊广法天尊问曰：『秦完，你截教无拘无束，原自快乐；为何摆此「天绝阵」陷害生灵。我今既来破阵，必开杀戒。非是我等灭却慈悲，无非了此前因。你等勿自后悔！』秦完大笑曰：『你等是闲乐神仙，怎的也来受此苦恼。你也不知吾所练阵中无尽无穷之妙。非我逼你，是你等自取大厄！』文殊广法天尊笑曰：『也不知是谁取绝命之愆！』秦完大怒，执锏就打。天尊道：『善哉！』将剑挡架招隔。未及数合，秦完败走进阵。天尊赶到『天绝阵』门首，见里面飒飒寒雾，萧萧悲风，也自迟疑不敢擅入；只听得后面金钟响处，只得要进阵去。天尊把手往下一指，平地有两朵白莲而出。天尊足踏二莲，飘飘而进。秦天君大叫曰：『文殊广法天尊！纵你开口有金莲，垂手有白光，也出不得吾「天绝阵」也！』天尊笑曰：『此何难哉！』把口一张，有斗大一朵金莲喷出；左手五指里有五道白光垂地倒往上卷；白光顶上有一朵莲花；花上有五盏金灯引路。且说秦完将三首幡，如前施展，只见文殊广法天尊顶上有庆云升起，五色毫光内有缨络垂珠挂将下来，手托七宝金莲，现了化身。怎见得：

悟得灵台体自殊，自由自在法难拘。
三花久已朝元海，缨络垂丝顶上珠。

话说秦天君把幡摇了数十摇，也播不动广法天尊。天尊在光里言曰：『秦完！贫道今日放不得你，要完吾杀戒！』把遁龙桩望空中一撒，将秦天君遁住了。此桩按三才，上下有三圈，将秦完缚得逼直。广法天尊对昆仑打下稽首曰：『弟子今日开此杀戒！』将宝剑一劈，取了秦完首级，拎将出『天绝阵』来。闻太师在墨麒麟上，一见秦完被斩，大叫一声：『气杀老夫！』催动坐骑，大叫：『文殊休走！吾来也！』天尊不理。麒麟来得甚急，似一阵黑烟滚来。怎见得，后人有诗赞曰：

怒气凌空怎按摩，一心只要动干戈。
休言此阵无赢日，纵有奇谋俱自讹。

且说燃灯后面黄龙真人乘鹤飞来，阻住闻太师，曰：『秦完「天绝阵」坏吾邓华师弟，想秦完身亡，足以相敌。今十阵方才破一，还有九阵未见雌雄；原是斗法，不必恃强。你且暂退！』只听得『地烈阵』一声钟响，赵江在梅花鹿上作歌而出：

妙妙妙中妙，玄玄玄更玄。动言俱演道，默语是神仙。
在掌如珠异，当空似月圆。功成归物外，直入大罗天。

赵天君大呼曰：『广法天尊既破了「天绝阵」，谁敢会我「地烈阵」么？』冲杀而来。燃灯道人命韩毒龙：『破「地烈阵」走一遭。』韩毒龙跃身而出，大呼曰：『不可乱行！吾来也！』赵天君问曰：『你是何人，敢来见我？』韩毒龙曰：『道行天尊门下，奉燃灯师父法旨，特来破你「地烈阵」。』赵江笑曰：『你不过毫末道行，怎敢来破吾阵，空丧性命！』提手中剑飞来直取。韩毒龙手中剑赴面交还。剑来剑架，犹如紫电飞空，一似寒冰出谷。战有五六

回合，赵江挥一剑，望阵内败走。韩毒龙随后跟来。赶至阵中，赵天君上了板台，将五方幡摇动，四下里怪云卷起，一声雷鸣，上有火罩，上下交攻，雷火齐发。可怜韩毒龙，不一时身体成为齑粉。一道灵魂往封神台来，有清福神祇引进去了。且说赵天君复上梅花鹿，出阵大呼：『阐教道友，别着个有道行的来见此阵，毋得使根行浅薄之人至此枉丧性命！谁敢再会吾此阵？』燃灯道人曰：『惧留孙去走一番。』惧留孙领命，作歌而来：

交光日月炼金英，二粒灵珠透室明。

摆动乾坤知道力，逃移生死见功成。

逍遥四海留踪迹，归在玄都立姓名。

直上五云云路稳，紫鸾朱鹤自来迎。

惧留孙跃步而出，见赵天君纵鹿而来。怎生妆束，但见：

碧玉冠，一点红；翡翠袍，花一丛。丝绦结就乾坤样，足下常登两朵云。太阿剑，现七星，诛龙虎，斩妖精。九龙岛内真灵士，要与成汤立大功。

惧留孙曰：『赵江，你乃截教之仙，与吾辈大不相同，立心险恶，如何摆此恶阵，逆天行事！休言你胸中道术，只怕你封神台上难逃目下之灾！』赵天君大怒，提剑飞来直取。惧留孙执剑赴面交还。未及数合，依前走入阵内。惧留孙随后赶至阵前，不敢轻进；只听得后有钟声催响，只得入阵。赵天君已上板台，将五方幡如前运用。惧留孙见势

飞虎上了神牛，此骑两头见日，走八百里。撒开辔头，赶不多时，已自赶上。

不好，先把天门开了，现出庆云保护其身，然后取捆仙绳，命黄巾力士将赵江拿在芦篷，听候指挥。但见：

金光出手万仙惊，一道英风透体生。
『地烈阵』中施妙法，平空拎去上芦篷。

话说惧留孙将捆仙绳命黄巾力士拎往芦篷下一摔，把赵江跌的三昧火七窍中喷出，遂破了『地烈阵』。惧留孙徐徐而回。闻太师又见破了『地烈阵』，赵江被擒，在墨麒麟背上，声若巨雷，大叫曰：『惧留孙莫走！吾来也！』时有玉鼎真人曰：『闻兄不必这等。我辈奉玉虚宫符命下世，身惹红尘，来破十阵；才破两阵，尚有八阵未见明白。况原言过斗法，何劳声色，非道中之高明也。』把闻太师说得默默无言。燃灯道人命：『暂且回去。』闻太师亦进老营，请八阵主帅，议曰：『今方破二阵，反伤二位道友，使我闻仲心下实是不忍！』董天君曰：『事有定数。既到其间，亦不容收拾。如今把吾「风吼阵」定成大功。』与闻太师共议，不题。

且说燃灯道人回至篷上，惧留孙将赵江提在篷下，来启燃灯。燃灯曰：『将赵江吊在芦篷上。』众仙启燃灯道人：『「风吼阵」明日可破么？』燃灯道：『破不得。这「风吼阵」非世间风也。此风乃地、水、火之风。若一运动之时，风内有万刃齐至，何以抵挡？须得先借得定风珠，治住了风，然后此阵方能得破。』众位道友曰：『哪里去借定风珠？』内有灵宝大法师曰：『吾有一道友，在九鼎铁叉山八宝云光洞，度厄真人有定风珠。弟子修书，可以借得。』子牙差文官一员，武将一员，速去借珠，「风吼阵」自然可破。』子牙忙差散宜生、晁田文武二名，星夜往九鼎铁叉山八宝云光洞来取定风珠。二人离了西岐，径往大道。非止一日，渡了黄河。又过数日，行到九鼎铁叉山。怎见得：

嵯峨矗矗，峻险巍巍。嵯峨矗矗冲霄汉，峻险巍巍碧碍空。怪石乱堆如坐虎，苍松斜挂似飞龙。岭上鸟啼娇韵美，崖前梅放异香浓。涧水潺潺流出冷，巅云黯淡过来凶。又见飘飘雾，凛凛风，咆哮饿虎吼山中。寒鸦拣树无栖处，野鹿寻窝没定踪。可叹行人难进步，皱眉愁脸把头蒙。

话说宜生、晁田二骑上山，至洞门下马，只见有一童子出洞。宜生曰：『师兄，请烦通报老师：西周差官散宜生求见。』童子进里面去；少时出来道：『请。』宜生进洞，见一道人坐于蒲团之上。宜生行礼，将书呈上。道人看书毕，对宜生曰：『先生此来，为借定风珠。此时群仙聚集，会破十绝阵，皆是定数；我也不得不允。况有灵宝师兄华札。只是一路去须要小心，不可失误！』随将一颗定风珠付与宜生。宜生谢了道人，慌忙下山。同晁田上马，扬鞭急

走，不顾巅危跋涉。沿黄河走了两日，却无渡船。宜生对晁田曰：『前日来，到处有渡船；如今却无渡船者何也？』只见前面有一人来。晁田问曰：『过路的汉子，此处如何竟无渡口？』行人答曰：『官人不知：近日新来两个恶人，力大无穷，把黄河渡口俱被他赶个罄尽。离此五里，留个渡口，都要从他那里过，尽他措勒渡河钱。人不敢拗他，要多少就是多少。』宜生听说：『有如此事，数日就有变更！』速马前行，果见两个大汉子，也不撑船，只用木筏，将两条绳子，左边上筏，右边拽过去；右边上筏，左边拽过来。宜生心下也甚是惊骇：『果然力大，且是爽利。』心忙意急，等晁田来同渡。只见晁田马至面前，他认得是方弼、方相兄弟二人，在此盘河。晁田曰：『方将军！』方弼看时，认得是晁田。方弼曰：『晁兄，你往哪里去来？』晁田曰：『烦你渡吾过河。』方弼随将筏牌同宜生、晁田渡过黄河上岸。方相、方弼相见，叙其旧日之好。方弼问曰：『晁兄往哪里去来？』晁田将取定风珠之事说了一遍。方弼又问：『此位是何人？』晁田曰：『此是西岐上大夫散宜生。』方弼曰：『你乃纣臣，为甚事同他走？』晁田曰：『纣王失政，吾已归顺武王。如今闻太师征伐西岐，摆下十绝阵。今要破「风吼阵」，借此定风珠来。今日有幸得遇你昆玉。』方弼自思：『昔日反了朝歌，得罪纣王，一向流落；今日得定风珠抢去，将功赎罪，却不是好？我兄弟还可复职。』因问曰：『散大夫，怎么样的就叫做定风珠？借吾一看，以长见识。』宜生见方弼渡他过河，况是晁田认得，忙忙取出来递与方弼。方弼打开看过了，把包儿往腰里面一塞：『此珠当作过河船资。』遂不答语，径往正南大路去了。晁田不敢拦阻。方弼、方相身高三丈有余，力大无穷，怎敢惹他！把宜生吓的魂飞魄散，大哭曰：『此来跋

涉数千里途程，今一旦被他抢去，怎生是好！将何面见姜丞相诸人！』抽身往黄河中要跳。晁田把宜生抱住，曰：『大夫不要性急。吾等死不足惜，但姜丞相命我二人取此珠破「风吼阵」，急如风火；不幸被他劫去。吾等死于黄河，姜丞相不知信音，有误国家大事，是不忠也；中途被劫，是不智也。我和你慨然见姜丞相，报知所以，令他别作良谋。宁死刀下，庶几少减此不忠、不智之罪。你我如今不明不白死了，两下担误，其罪更甚。』宜生叹曰：『谁知此处遭殃！』二人上马往前，加鞭急走。行不过十五里，只见前面两杆旗幡，飞出山口，后听粮车之声。宜生马至跟前，看见是武成王黄飞虎催粮过此。宜生下马，武成王下骑，曰：『大夫往哪里来？』宜生哭拜在地。黄飞虎答礼，问晁田曰：『散大夫有甚事，这等悲泣？』宜生把取定风珠，渡黄河遇方弼抢去的事说了一番。黄飞虎曰：『几时劫去？』宜生曰：『去而不远。』飞虎曰：『不妨。吾与大夫取来。你们在此略等片时。』飞虎上了神牛，此骑两头见日，走八百里。撒开辔头，赶不多时，已自赶上。只见兄弟二人在前面晃晃荡荡而行。黄千岁大叫曰：『方弼、方相慢行！』方弼回头，见是武成王黄飞虎，多年不见，忙在道旁跪下，问武成王曰：『千岁哪里去？』飞虎大喝曰：『你为何把散宜生定风珠都抢了来？』方弼曰：『他与我作过渡钱，谁抢他的？』飞虎曰：『快拿来与我！』方相双手献与黄飞虎。飞虎曰：『你二人一向在哪里？』方弼曰：『自别大王，我弟兄盘河过日子，苦不堪言。』飞虎曰：『我弃了成汤，今归周国。武王真乃圣主，仁德如尧、舜。三分天下，已有二分。今闻太师在西岐征伐，屡战不能取胜。你既无所归，不若同我归顺武王御前，亦不失封侯之位。不然，辜负你弟兄本领。』方弼曰：『大王若肯提拔，乃愚兄弟再生之恩矣，有何不可。』飞虎曰：『既如此，随吾来。』二人随着武成王，飞骑而来，霎时即至。宜生、晁田见方家弟兄跟着而来，吓的魂不附体。武成王下骑，将定风珠付与宜生，『你二位先行，吾带方弼、方相后来。』且说宜生、晁田星夜赶至西岐篷下，来见子牙。子牙问：『取定风珠的事如何？』宜生把渡黄河被劫之事说了一遍。子牙大喝：『宜生！倘然是此珠，若是国玺，也被中途抢去了！且带罪暂退！』子牙将定风珠上篷，献与燃灯道人。众仙曰：『既有此珠，明日可破「风吼阵」。』不知胜负如何，且听下回分解。

第四十六回　广成子破金光阵

诗曰：

仙佛从来少怨尤，只因烦恼惹闲愁，
恃强自弃千年业，用暴须拚万劫修。
几度看来悲往事，从前思省为谁仇。
可怜羽化封神日，俱作南柯梦里游。

话说燃灯道人次日与十二弟子排班下逢，将金钟、玉磬频敲，一齐出阵。只见成汤营里一声炮响，闻太师乘骑早至辕门，看子牙破『风吼阵』。董天君作歌而来；骑八叉鹿，提两口太阿剑。歌曰：

得到清平有甚忧，丹炉乾马配神牛。
从来看破纷纷乱，一点灵台只自由。

话说董天君鹿走如飞，阵前高叫。燃灯观左右无人可先入『风吼阵』，忽然见黄飞虎领方弼、方相来见子牙，禀曰：『末将催粮，收此二将，乃纣王驾下镇殿大将军方弼、方相兄弟二人。』子牙大喜。猛然间，燃灯道人看见两个大汉，问子牙曰：『此是何人？』子牙曰：『黄飞虎新收二将，乃是方弼、方相。』燃灯叹曰：『天数已定，万物难逃！就命方弼破「风吼阵」走一遭。』子牙遂令方弼破『风吼阵』。可怜！方弼不过是俗子

有一个时辰，袁天君见其阵已破，方欲抽身，普贤真人用吴钩剑飞来，将袁天君斩于台下。

凡夫，哪里知道其中幻术？便应声：『愿往！』持戟拽步如飞，走至阵前。董天君见一大汉，高三丈有余，面如重枣，一部落腮髭髯，四只眼睛，甚是凶恶。董天君看罢，着实骇然，怎见得，有赞为证。赞曰：

三叉冠，乌云荡漾；铁掩心，砌就龙鳞。翠蓝袍，团花灿烂；画杆戟，烈烈征云。四目生光真显耀，脸如重枣像虾红。一步落腮飘脑后，平生正直最英雄。曾反朝歌保太子，盘河渡口遇宜生。归周未受封官爵，『风吼阵』上见奇功。只因前定垂天象，显道神封久注名。

话说方弼见董天君大呼曰：『妖道慢来！』就是一戟。董天君哪里招架的住？只是一合，便往阵里走了。子牙命左右擂鼓。方弼耳闻鼓声响，拖戟赶来，至『风吼阵』门前，径冲将进去。他哪里知道阵内无穷奥妙？只见董天君上了板台，将黑幡摇动，黑风卷起，有万千兵刃，杀将下来。只听得一声响，方弼四肢已为数段，跌倒在地。一道灵魂往封神台，清福神柏鉴引进去了。董天君命士卒将方弼尸首拖

出阵来。董全催鹿，复到阵前，大呼曰：『玉虚道友！尔等把一凡夫误送性命，汝心安乎！既是高明道德之士，来会吾此阵，便见玉石也。』燃灯乃命慈航道人：『你将定风珠拿去，破此「风吼阵」。』慈航道人领法旨。乃作歌曰：

自隐玄都不记春，几回苍海变成尘。
玉京金阙朝元始，紫府丹霄悟妙真。
喜集化成千岁鹤，闲来高卧万年身。
吾今已得长生术，未肯轻传与世人。

话说慈航道人谓董全曰：『道友，吾辈逢此杀戒，尔等最是逍遥，何苦摆此阵势，自取灭亡！当时佥押「封神榜」，你可曾在碧游宫，听你掌教师尊曾说有两句偈言，帖在宫门：「净诵《黄庭》紧闭洞，如染西土受灾殃！」』董天君曰：『你阐教门下，自倚道术精奇，屡屡将吾辈藐视，我等方才下山。道友，你是为善好乐之客，速回去，再着别个来，休惹苦恼！』慈航曰：『连你一身也顾不来，还要顾我！』董全大怒，执宝剑望慈航直取。慈航架剑，口称：『善哉！』方才用剑相还。来往有三五回合，董天君往阵中便走。慈航道人随后赶来，到得阵门前，亦不敢擅入里面去，只听得脑后钟声频催，乃徐徐而入。只见董天君上了板台，将黑幡摇动，黑风卷起，犹如坏方弼一般。慈航道人顶上有定风珠，此风焉能得至。不知此风不至，刀刃怎么得来。慈航将清净琉璃瓶祭于空中，命黄巾力士将瓶底朝天，瓶口朝地。只见瓶中一道黑气，一声响，将董全吸在瓶中去了。慈航命力士将瓶口转上，带出『风吼阵』来。只见闻太师坐在墨麒麟身上，专听阵中消息。只见慈航道人出来，对闻太师曰：『「风吼阵」已被吾破矣。』命黄巾力士将瓶倾下来，怎见得，只见：

丝绦道服麻鞋在，浑身皮肉化成脓。

董全一道灵魂往封神台来，清福神柏鉴引进去了。闻太师见而大呼曰：『气杀吾也！』将麒麟磕开，提金鞭冲杀过来。有黄龙真人乘鹤急止之曰：『闻太师，你十阵方破三阵，何必又动无明，来乱吾班次！』只听得『寒冰阵』主大叫：『闻太师，且不要争先，待吾来也！』乃信口作歌曰：

玄中奥妙少人知，变化随机事事奇。
九转功成炉内宝，从来应笑世人痴。

话说闻太师只得立住。那『寒冰阵』内袁天君歌罢，大叫：『阐教门下，谁来会吾此阵？』燃灯道人命道行天尊门徒薛恶虎：『你破「寒冰阵」走一遭。』薛恶虎领命，提剑蜂拥而来。袁天君见是一个道童，乃曰：『那道童速自退去，着你师父来！』薛恶虎怒曰：『奉命而来，岂有善回之理！』执剑砍来。袁天君大怒，将剑来迎；战有数合，便走入阵内去了。薛恶虎随后赶入阵来。只见袁天君上了板台，用手将黑幡摇动，上有冰山，即似刀山一样，往下磕来；下有冰块，如狼牙一般，往上凑合。任你是甚么人，挡之即为齑粉。薛恶虎一人其中，只听得一声响，磕成肉泥。一道灵魂径往封神台去了。阵中黑气上升。道行天尊叹曰：『门人两个，今绝于二阵之中！』又见袁天君跨鹿而来，便叫：『你们十二位之内，乃是上仙名士，谁来会吾此阵？乃令此无甚道术之人来送性命！』燃灯道人命普贤真人走一遭。普贤真人作歌而来。歌曰：

道德根源不敢忘，寒冰看破火消霜。

尘心不解遭魔障，堪伤！眼前咫尺失天堂。

普贤真人歌罢。袁天君怒气纷纷，持剑而至。普贤真人曰：『袁角，你何苦作孽，摆此恶阵！贫道此来入阵，一则开吾杀戒，二则你道行功夫一旦失却，后悔何及！』袁天君大怒，仗剑直取。普贤真人将手中剑架住，口称『善哉！』二人战有三五合，袁角便走入阵中去了。普贤真人随即走进阵来。袁天君上了板台，将黑幡招动，上有冰山一座打将下来。普贤真人用指上放一道白光如线，长出一朵庆云，高有数丈，上有八角，角上乃金灯，缨络垂珠，护持顶上；其冰见金灯自然消化，毫不能伤。有一个时辰，袁天君见其阵已破，方欲抽身，普贤真人用吴钩剑飞来，将袁天君斩于台下。袁角一道灵魂被清福神引进封神台去了。普贤收了云光，大袖迎风，飘飘而出。闻太师又见破了『寒冰阵』，欲为袁角报仇；只见『金光阵』主，乃金光圣母，撒开五点斑豹驹，厉声作歌而来。歌曰：

真大道，不多言，运用之间恒自然。

放开二目见天光，此即是神仙。

话说金光圣母骑五点斑豹驹，提飞金剑，大呼曰：『阐教门人谁来破吾「金光阵」？』燃灯道人看左右无人先破此阵；正没计较，只见空中飘然坠下一位道人，面如傅粉，唇似丹朱。怎见得，有诗为证，诗曰：

道服先天气盖昂，竹冠麻履异寻常。
丝绦腰下飞鸾尾，宝剑锋中起烨光。
全气全神真道士，伏龙伏虎仗仙方。
袖藏奇宝钦神鬼，『封神榜』上把名扬。

话说众道人看时，乃是玉虚宫门下萧臻。萧臻对众仙稽首，曰：『吾奉师命下山，特来破「金光阵」。』只见金光圣母大呼曰：『阐教门下谁来会吾此阵？』言未毕，萧臻转身曰：『吾来也！』金光圣母不认得萧臻，问曰：『来者是谁？』萧臻笑曰：『你连我也认不得了！吾乃玉虚门下萧臻的便是。』金光圣母曰：『尔有何道行，敢来会吾此阵？』执剑来取。萧臻撒步，赴面交还。二人战未及三五合，金光圣母拨马往阵中飞走。萧臻大叫：『不要去！吾来了！』径赶入金光阵内，至一台下。金光圣母下驹上台，将二十一根杆上吊着镜子，镜子上每面有一套，套住镜子。圣母将绳子拽起，其镜现出，把手一放，明雷响处振动镜子，连转数次，放出金光，射着萧臻，大叫一声，可怜！正是：

百年道行从今灭，衣袍身体影无踪。

萧臻一道灵魂，清福神柏鉴引进封神台去。金光圣母复上了斑豹驹，走至阵前曰：『萧臻已绝。谁敢会吾此阵？』燃灯道人命广成子：『你去走一遭。』广成子领命，作歌曰：

有缘得悟本来真，曾在终南遇圣人。

指出长生千古秀，生成玉蕊万年新。

浑身是口难为道，大地飞尘别有春。

吾道了然成一贯，不明一字最艰辛。

话说金光圣母见广成子飘然而来，大呼曰：『广成子，你也敢会吾此阵？』广成子曰：『此阵有何难破，聊为儿戏耳！』金光圣母大怒，仗剑来取。广成子执剑相迎。战未及三五合，金光圣母转身往阵中走了。广成子随后赶入『金光阵』内，见台前有幡杆二十一根，上有物件挂着。金光圣母上台，将绳子搅住，拽起套来，现出镜子，发雷振动，金光射将下来。广成子忙将八卦仙衣打开，连头裹定，不见其身。金光纵有精奇奥妙，侵不得八卦紫寿衣。有一个时辰，金光不能透入其身，雷声不能振动其形。广成子暗将翻天印往八卦仙衣底下打将下来，一声响，把镜子打破了十九面。金光圣母着慌，忙拿两面镜子在手，方欲摇动，急发金光来照广成子；早被广成子复祭番天宝印打来。金光圣母躲不及，正中顶门，脑浆迸出。一道灵魂早进封神台去了。广成子破了『金光阵』，方出阵门。闻太师得知金光圣母已死，大叫曰：『广成子休走！吾与金光圣母报仇！』麒麟走动如飞。只见『化血阵』内孙天君大叫曰：『闻兄不必动怒，待吾擒他与金光圣母报仇。』孙天君面如重枣，一部短髯，戴虎头冠，乘黄斑鹿，飞滚而来。

燃灯乃命慈航道人：『你将定风珠拿去，破此「风吼阵」。』慈航道人领法旨。

燃灯道人顾左右，并无一人去得；偶然见一道人，慌忙而至，与众人打稽首，曰：『众位道兄请了！』燃灯曰：『道者何来？高姓大名？』道人曰：『衲子乃五夷山白云洞散人乔坤是也。闻十绝阵有「化血阵」，吾当协助子牙。』言未了，孙天君叫曰：『谁来会吾此阵？』乔坤抖擞精神曰：『吾来了！』仗剑在手，向前问曰：『尔等虽是截教，总是出家人，为何起心不良，摆此恶阵？』孙天君曰：『尔是何人，敢来破我「化血阵」？快快回去，免遭枉死！』乔坤大怒，骂曰：『孙良，你休夸海口，吾定破尔阵，拿你枭首，号令西岐。』孙天君大怒，纵鹿仗剑来取。乔坤赴面交还。未及数合，孙天君败入阵。乔坤随后赶入阵中。孙天君上台，将一片黑砂往下打来，正中乔坤。正是：

砂沾袍服身为血，化作津津遍地红。

乔坤一道灵魂已进封神台去了。孙天君复出阵前，大呼曰：『燃灯道友，你着无名下士来破吾阵，枉丧其身！』燃灯命太乙真人：『你去走一遭。』太乙真人作歌而来。歌曰：

当年有志学长生，今日方知道行精：
运动乾坤颠倒理，转移月日互为明。
苍龙有意归离卧，白虎多情觅坎行。
欲炼九还何处是，震宫雷动望西成。

太乙真人歌罢。孙天君曰：『道兄，你非是见吾此阵之士。』太乙真人笑曰：『道友休夸大口，吾进此阵如入无人之境耳。』孙天君大怒，催鹿仗剑直取。太乙真人用剑相还。未及三五合，孙天君便往阵中去了。太乙真人听脑后金钟催响，至阵门，将手往下一指，地现两朵青莲。真人脚踏二花，腾腾而入。真人用左手一指，指上放出一道白光，高有一二丈；顶上现一朵庆云，旋在空中，护于顶上。孙天君在台上抓一把黑砂打将下来。其砂方至顶云，如雪见烈焰一般，自灭无踪。孙天君大怒，将一斗黑砂往下一泼。其砂飞扬而去，自灭自消。孙天君见此术不应，抽身逃遁。太乙真人忙将九龙神火罩祭于空中，孙天君合该如此，将身罩住。真人双手一拍，只见现出九条火龙，将罩盘绕，顷刻烧成灰烬。一道灵魂往封神台去了。闻太师在老营外，见太乙真人又破了『化血阵』，大叫曰：『太乙真人休回去！吾来了！』只见黄龙真人乘鹤而至，立阻闻太师曰：『大人之语，岂得失信！十阵方才破六，尔且暂回，明日再会。如今不必这等恃强，雌雄自有分定。』闻太师气冲斗牛，神目光辉，须发皆竖。回进老营，忙请四阵主入帐。太师泣对四天君曰：『吾受国恩，官居极品，以身报国，理之当然。今日六友遭殃，吾心何忍！四位请回海

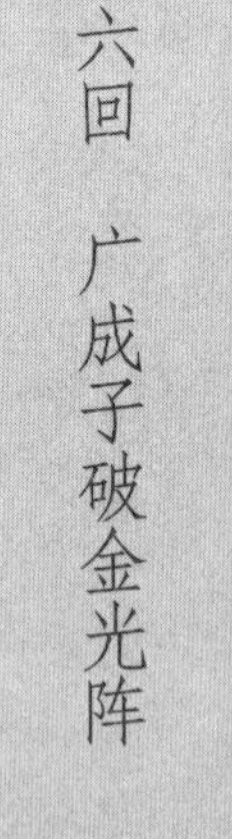

岛，待吾与姜尚决一死战，誓不俱生！』太师道罢，泪如雨下。四天君曰：『闻兄且自宽慰。此是天数。吾等各有主张。』俱回本阵去了。

且说燃灯与太乙真人回至芦篷，默坐不言。子牙打点前后。

话说闻太师独自寻思，无计可施。忽然想起峨嵋山罗浮洞赵公明，心下踌躇：『若得此人来，大事庶几可定。』忙唤吉立、余庆：『好生守营，我往峨嵋山去来。』二人领命。太师随上墨麒麟，挂金鞭，借风云，往罗浮洞来。正是：

神风一阵行千里，方显玄门道术高。

霎时到了峨嵋山罗浮洞。下了麒麟，太师观看其山，其清幽僻净，鹤鹿纷纭，猿猴来往，洞门前悬挂藤萝。太师问：『有人否？』少时有一童子出来，见太师三只眼，问曰：『老爷哪里来的？』太师曰：『你师父可在么？』童儿答曰：『在洞里静坐。』太师曰：『你说商都闻太师来访。』童儿进来，见师父报曰：『有闻太师来拜访。』赵公明听说，忙出洞迎接，见闻太师大笑曰：『闻道兄，哪一阵风儿吹你到此？你享人间富贵，受用金屋繁华，全不念道门光景，清淡家风！』二人携手进洞，行礼坐下。闻太师长吁一声，未及开言。赵公明问曰：『道兄为何长吁？』闻太师曰：『我闻仲奉诏征西，讨伐叛逆。不意昆仑教下姜尚，善能谋谟，助恶者众，朋党作奸。屡屡失机，无计可施。不得已，往金鳌岛，邀秦完等十友协助，乃摆十绝阵；指望擒获姜尚，孰知今破其六，反损六位道友，无故遭殃，实为可恨！今日自思，无门可投，忝愧到此，烦兄一往。不知道兄尊意如何？』公明曰：『你当时怎不早来？今日之

败，乃自取之也。既然如此，兄且先回，吾随后即至。』太师大喜，辞了公明，上骑，借风云回营。不表。且说赵公明唤门徒陈九公、姚少司：『随我往西岐去。』两个门徒领命。公明打点起身，唤童儿：『好生看守洞府，吾去就来。』带两个门人，借土遁往西岐。正行之间，忽然落下来，是一座高山上。正是：

异景奇花观不尽，分明生就小蓬莱。

赵公明正看山中景致，猛然山脚下一阵狂风大作，卷起灰尘。公明看时，只见一只猛虎来了，笑曰：『此去也无坐骑，跨虎登山，正是好事。』只见那虎剪尾摇头而来。怎见得，有诗为证，诗曰：

咆哮踊跃出深山，几点英雄汗血斑。
利爪如钩心胆壮，钢牙似剑势凶顽。
未曾行处风先动，才作奔腾草自扳。
任是善群应畏服，敢撄威猛等闲间。

话说赵公明见一黑虎而来，喜不自胜：『正用得着你！』掉步向前，将二指伏虎在地，用丝绦套住虎项，跨在虎背上，把虎头一拍；用符印一道画在虎项上。那虎四足就起风云，霎时间来到成汤营，辕门下虎。众军大叫：『虎来了！』陈九公曰：『不妨！乃是家虎。快报与闻太师：赵老爷已至辕门。』太师闻报，忙出营迎迓。二人至中军帐坐下。有四阵主来相见，共谈军务之事。赵公明曰：『四位道兄，如何摆十绝阵，反损了六位道友？此情真是可恨！』

正说间，猛然抬头，只见子牙芦篷上吊着赵江。公明问曰：『那篷上吊的是谁？』白天君曰：『道兄，那就是「地烈阵」主赵江。』公明大怒：『岂有此理！三教原来总一般，彼将赵江如此之辱，吾辈体面何存！待吾也将他的人拿一个来吊着，看他意下如何！』随上虎提鞭。闻太师同四阵主出营，看赵公明来会姜子牙。不知胜负如何，且听下回分解。

第四十七回　公明辅佐闻太师

诗曰：

异宝虽多莫炫奇，须知盈满有参差。
西山此际多夸胜，狭路应思失意悲。
跨虎有威终属幻，降龙无术转当时。
堪嗟纣日西山近，无奈匡君欠所思。

话说赵公明乘虎提鞭，出营来大呼曰：『着姜尚快来见我！』哪吒听说，报上篷来：『有一跨虎道者，请师叔答话。』燃灯谓子牙曰：『来者乃峨嵋山罗浮洞赵公明是也。你可见机而作。』子牙领命下篷，乘四不像，左右有哪吒、雷震子、黄天化、杨戬、金木二吒拥护。只见杏黄旗招展，黑虎上坐一道人。怎见得：

天地玄黄修道德，洪荒宇宙炼元神。
虎龙啸聚风云鼎，乌兔周旋卯酉晨。
五遁三除闲戏耍，移山倒海等闲论。
掌上曾安天地诀，一双草履任游巡。
五气朝元真罕事，三花聚顶自长春。

峨嵋山下声名远，得到罗浮有几人。

话说子牙见公明，向前施礼，口称：『道友是哪一座名山？何处洞府？』公明曰：『吾乃峨嵋山罗浮洞赵公明是也。你破吾道友六阵，倚仗你等道术，坏吾六友，心实痛切！又把赵江高吊芦篷，情俱可恨！姜尚，我知你是玉虚宫门下。我今日下山，必定与你见个高低！』提鞭纵虎来取子牙。子牙仗剑急架忙还。二兽相交。未及数合，公明祭鞭在空中，神光闪灼如电，着实惊人。子牙躲不及，被一鞭打下鞍鞒。哪吒急来，使火尖枪敌住公明。金吒救回姜子牙。子牙被鞭打伤后心，死了。哪吒使开枪法，战未数合，又被公明一鞭打下风火轮来。黄天化看见，催开玉麒麟，使两柄锤抵住公明。又飞起雷震子，展开黄金棍，往下打来。杨戬纵马摇枪，将赵公明裹在垓心。好杀！只杀得：

天昏地惨无光彩，宇宙浑然黑雾迷。

赵公明被三人裹住了。雷震子是上三路，黄天花是中三路，杨戬暗将哮天犬放起，形如白象。怎见得好犬：

仙犬修成号细腰，形如白象势如枭。

铜头铁颈难招架，遭遇凶锋骨亦消。

话说杨戬暗放哮天犬，赵公明不防备，早被哮天犬一口把颈项咬伤，将袍服扯碎，只得拨虎逃归进辕门。闻太师见公明失利，慌忙上前慰劳。赵公明曰：『不妨。』忙将葫芦中仙药取出搽上，即时全愈。不表。

且说子牙被赵公明一鞭打死，抬进相府。武王知子牙打死，忙同文武众官至相府来看子牙；只见子牙面如白纸，杨戬纵马摇枪，将赵公明裹在垓心。好杀！

合目不言，不觉点首叹曰：『「名利」二字，俱成画饼！』着实伤悼。正叹之间，报：『广成子进相府来看子牙。』武王迎接至殿前。武王曰：『道兄，相父已亡，如之奈何？』广成子曰：『不妨。子牙该有此厄。』叫取水一盏。道人取一粒丹，用手捻开，口撬开，将药灌下十二重楼。有一个时辰，子牙大叫一声：『痛杀吾也！』二目睁开，只见武王、广成子俱站于卧榻之前。子牙方知中伤已死。正欲挣起身来致谢，广成子摇手曰：『你好生调理，不要妄动。吾去芦篷照顾，恐赵公明猖獗。』广成子至篷上，回了燃灯的话：『已救回子牙还生，且在城内调养。』不表。

话说赵公明次日上虎，提鞭出营，至篷下，坐名要燃灯答话。哪吒报上篷来。燃灯遂与众道友排班而出，见公明威风凛凛，眼露凶光，非道者气像。燃灯打稽首，对赵公明曰：『道兄请了！』公明回答曰：『道兄，你等欺吾教太甚！吾道你知；你道吾见。你听我道来：

混沌从来不记年，各将妙道补真全。

当时未有星河斗，先有吾党后有天。』

道兄，你乃阐教玉虚门下之士；我乃截教门人。你师，我师，总是一师秘授，了道成仙，共为教主。你们把赵江吊在篷上，将吾道藐如灰土。吊他一绳，有你半绳，道理不公。岂不知：

翠竹黄须白笋芽，儒冠道履白莲花。

红花白藕青荷叶，三教元来总一家。』

燃灯答曰：『赵道兄，当时佥押「封神榜」，你可曾在碧游宫？』赵公明曰：『吾岂不知！』燃灯曰：『你既知道，你师曾说神中之姓名三教内俱有，弥封无影，死后见明。尔师言得明明白白，道兄今日至此，乃自昧己心，逆天行事，是道兄自取。吾辈逢此劫数，吉凶未知。吾自天皇修成正果，至今难脱红尘。道兄无束无拘，却要强争名利。你且听我道来：

盘古修来不记年，阴阳二气在先天。

煞中生气肌肤换，精里含精性命团。

玉液丹成真道士，六根清净产胎仙。

扭天拗地心难正，徒费工夫落堑渊。』

赵公明大怒曰：『难道吾不如你？且听我道来：

能使须弥翻转过，又将日月逆周旋。
后来天地生吾后，有甚玄门道德仙！』

赵公明道罢。黄龙真人跨鹤至前，大呼曰：『赵公明，你今日至此，也是「封神榜」上有名的，合该此处尽绝！』公明大怒，举鞭来取。真人忙将宝剑来迎。鞭剑交加。未及数合，赵公明将缚龙索祭起，把黄龙真人平空拿去。赤精子见拿了黄龙真人，大呼：『赵公明少得无礼！听吾道来：

会得阳仙物外玄，了然得意自忘筌。应知物外长生路，自是逍遥不老仙。铅与汞，产先天，颠倒日月配坤乾。明明指出无生妙，无奈凡心不自捐。』

话说赤精子执剑来取公明。公明鞭法飞腾。来往有三五合，公明取出一物，名曰定海珠，珠有二十四颗。此珠后来兴于释门，化为二十四诸天。公明将此宝祭于空中，有五色毫光。纵然神仙，观之不明，瞧之不见，一刷下来，将赤精子打了一交。赵公明正欲用鞭复打赤精子顶上，有广成子岔步大叫：『少待伤吾道兄！吾来了！』公明见广成子来得凶恶，急忙迎架广成子。两家交兵，未及一合，又祭此珠，将广成子打倒尘埃。道行天尊急来抵住公明。公明连发此宝，打伤五位上仙，玉鼎真人、灵宝大法师五位败回芦篷。赵公明连胜回营。至中军，闻太师见公明得胜大喜。公明命将黄龙真人也吊在幡杆上。把黄龙真人泥丸宫上用符印压住元神，轻易不得脱逃。营中闻太师一面吩咐设酒，四阵主陪饮。且说燃灯回上芦篷坐下，五位上仙俱着了伤，面面相觑，默默不语。燃灯问众道友曰：『今日赵公

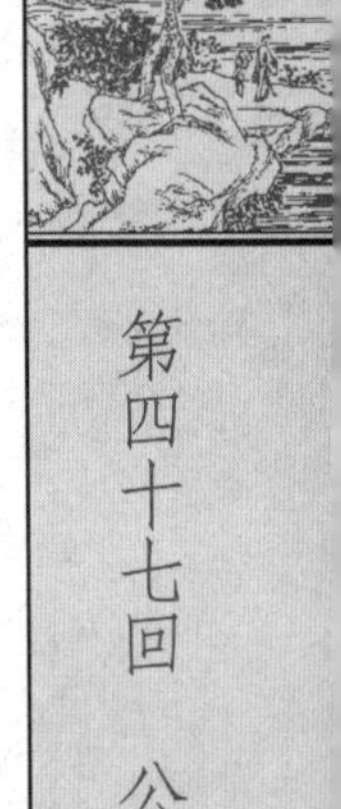

明用的是何物件打伤众位？』灵宝大法师曰：『只知着人甚重，不知是何宝物，看不明切。』五人齐曰：『只见红光闪灼，不知是何物件。』燃灯闻言，甚是不乐，忽然抬头，见黄龙真人吊在幡杆上面，心下越觉不安。众道者叹曰：『是吾辈逢此劫厄不能摆脱。今黄龙真人被如此厄难，我等此心何忍！谁能解他愆尤方好。』玉鼎真人曰：『不妨。至晚间再作处治。』众道友不言。不觉红轮西坠，玉鼎真人唤杨戬曰：『你今夜去把黄龙真人放来。』杨戬听命。至一更时分，化作飞蚁，飞在黄龙真人耳边，悄悄言曰：『师叔，弟子杨戬奉命，特来放老爷。怎么样阳神便出？』真人曰：『你将吾顶上符印去了，吾自得脱。』杨戬将符印揭去。正是：

天门大开阳神出，去了昆仑正果仙。

真人来至芦逢稽首，谢了玉鼎真人。众道人大喜。且说赵公明饮酒半酣，正欢呼大悦，忽邓忠来报：『启老爷：幡上不见了道人了！』赵公明掐指一算，知道是杨戬救去了。公明笑曰：『你今日去了，明日怎逃！』彼时二更席散，各归寝榻。

次日，升中军，赵公明上虎，提鞭，早到篷下，坐名要燃灯答话。燃灯在篷上见公明跨虎而来，谓众道友曰：『你们不必出去，待吾出去会他。』燃灯乘鹿，数门人相随，至于阵前。赵公明曰：『杨戬救了黄龙真人来了，他有变化之功，叫他来见我。』燃灯笑曰：『道友乃斗筲之器，此事非是他能，乃仗武王洪福，姜尚之德耳。』公明大怒曰：『你将此言惑乱军心，甚是可恨！』提鞭就打。燃灯口称：『善哉！』急忙用剑招架。未及数合，公明将定海珠祭起。燃灯借慧眼看时，一派五色毫光，瞧不见是何宝物。看看落将下来，燃灯拨鹿便走；不进芦篷，望西南上去了。公明追将下来，往前赶有多时，至一山坡。松下有二友下棋，一位穿青，一位穿红，正在分局之时，忽听鹿蹄响亮，二人回顾，见是燃灯道人，二人忙问其故？燃灯把赵公明伐西岐事说了一遍。二人曰：『不妨。老师站在一边，待我二人问他。』且说赵公明虎走如飞驰电骤，倏忽而至。二人作歌曰：

可怜四大属虚名，认破方能脱死生。
慧性犹如天际月，幻身却似水中冰。
拨回关捩头头着，看破虚空物物明。
缺行亏功俱是假，丹炉火起道难成。

且说赵公明正赶燃灯，听得歌声古怪，定目观之，见二人各穿青、红二色衣袍，脸分黑、白。公明问曰：『尔是何人？』二人笑曰：『你连我也认不得，还称你是神仙！听我道来：

堪笑公明问我家，我家原住在烟霞。
眉藏火电非闲说，手种金莲岂自夸。
三尺焦桐为活计，一壶美酒是生涯。
骑龙远出游苍海，夜久无人玩物华。

吾乃五夷山散人萧升、曹宝是也。俺弟兄闲对一局，以遣日月。今见燃灯老师被你欺逼太甚，强逆天道，扶假灭真，自不知己罪，反恃强追袭，吾故问你端的。』赵公明大怒：『你好大本领，焉敢如此！』发鞭来打。二道人急以宝剑来迎。鞭来剑去，宛转抽身。未及数合，公明把缚龙索祭起来拿两个道人。萧升一见此索，笑曰：『来得好！』急忙向豹皮囊取出一个金钱，有翅，名曰『落宝金钱』，也祭起空中。只见缚龙索跟着金钱落在地上。曹宝忙将索收了。赵公明见收了此宝，大呼一声：『好妖孽！敢收吾宝！』又取定海珠祭起于空中，只见瑞彩千团打将下来。萧升又发金钱。定海珠随钱而下。曹宝忙忙抢了定海珠。公明见失了定海珠，气得三尸神暴跳，忽祭起神鞭。萧升又发金钱，不知鞭是兵器，不是宝，如何落得！正中萧升顶门，打得脑浆迸出，做一场散淡闲人，只落得封神台上去了。曹宝见道兄已死，欲为萧升报仇。燃灯在高阜处观之，叹曰：『二人棋局欢笑，岂知为我遭如此之苦！待吾暗助他一臂之力。』忙将乾坤尺祭起去。公明不曾提防，被一尺打得公明几乎坠虎，大呼一声，拨虎往南去了。燃灯近前，下鹿施礼，『深感道兄施术之德。堪怜那一位穿红的道人遭迍，吾心不忍！二位是那座名山？何处洞府？高姓？大名？』道者答曰：『贫道乃五夷山散人萧升、曹宝是也。因闲无事，假此一局遣兴。今遇老师，实为不平之忿。不期萧兄绝于公明毒手，实为可叹！』燃灯曰：『方才公明祭起二物欲伤二位，贫道见一金钱起去，那物随钱而落，道友忙忙收起，果是何物？』曹宝曰：『吾宝名为「落宝金钱」，连落公明二物，不知何名。』取出来与燃灯观看。燃灯一见定海珠，鼓掌大呼曰：『今日方见此奇珍，吾道成矣！』曹宝忙问其故。燃灯曰：『此宝名「定海珠」，自元始已来，此珠曾出现光辉，照耀玄都；后来杳然无闻，不知落于何人之手。今日幸逢道友，收得此宝，贫道不觉心爽神快。』曹宝曰：『老师既欲见此宝，必是有可用之处，老师自当收去。』燃灯曰：『贫道无功，焉敢受此？』曹宝曰：『一物自有一主，既老师可以助道，理当受得。弟子收之无用。』燃灯打稽首，谢了曹宝，二人同往西岐，至芦篷。众道人起身相见。燃灯把遇萧升一事说了一遍。燃灯又对众人曰：『列位道友被赵公明打伤扑跌在地者，乃是「定海珠」。』众道人方悟。燃灯取出，众人观看，一个个嗟叹不已。

不说燃灯得宝，且说赵公明被打了一乾坤尺，又失了定海珠、缚龙索，回进大营。闻太师接住，问其追燃灯一事。公明长吁一声。闻太师曰：『道兄为何这等？』公明大叫曰：『吾自修行以来，今日失利。正赶燃灯，偶遇二子，名曰萧升、曹宝，将吾缚龙索、定海珠收去。吾自得道，仗此奇珠。今被无名小辈收去，吾心碎矣！』公明曰：『陈九公、姚少司，你好生在此，吾往三仙岛去来。』闻太师曰：『道兄此去速回，免吾翘首。』公明曰：『吾去速回。』遂乘虎驾风云而起，不一时来至三仙岛下虎，至洞府前，咳嗽一声。少时，一童儿出来，『原来是大老爷来了。』忙报与三位娘娘：『大老爷至此。』三位娘娘起身，齐出洞门迎接，口称：『兄长请入里面。』打稽首坐下。云霄娘娘曰：『大兄至此，是往哪里去来？』公明曰：『闻太师伐西岐不能取胜，请我下山，会阐教门人，连胜他几番。后是燃灯道人会我，出口大言，吾将定海珠祭起，燃灯逃遁，吾便追袭。不意赶至中途，偶遇散人萧升、曹宝两个无名下士，把吾二物收去。自思：辟地开天，成了道果，得此二宝，方欲炼性修真，在罗浮洞中以证元始；今一旦落于儿曹之手，心甚不平。特至此间，借金蛟剪也罢，或混元金斗也罢，拿出山去，务要复回此二宝，吾心方安。』云霄娘娘听罢，只是摇头，说道：『大兄，此事不可行。昔日三教共议，佥押「封神榜」，吾等俱在碧游宫。我们截教门人，「封神榜」上颇多，因此禁止不出洞府，只为此也。吾师有言：「弥封名姓，当宜谨慎。」宫门又有两句贴在宫外：

紧闭洞门，静诵《黄庭》三两卷；
身投西土，「封神榜」上有名人。

如今阐教道友犯了杀戒，吾截教实是逍遥。昔日凤鸣岐山，今生圣主，何必与他争论闲非。大兄，你不该下山。你我只等子牙封过神，才见神仙玉石。大兄请回峨嵋山，待平定封神之日，吾亲自往灵鹫山，问燃灯讨珠还你。若是此时要借金蛟剪、混元金斗，妹子不敢从命。』公明曰：『难道我来借，你也不肯？』云霄娘娘曰：『非是不肯，恐怕一时失了，追悔何及！总来兄请回山，不久封神在迩，何必太急。』公明叹曰：『一家如此，何况他人！』遂起身作辞，欲出洞门，十分怒色。正是：

他人有宝他人用，果然开口告人难。

三位娘娘听公明之言，内在碧霄娘娘要借，奈姐姐云霄不从。且说公明跨虎离洞，行不上一二里，在海面上行，脑后有人叫曰：『赵道兄！』公明回头看时，一位道姑，脚踏风云而至。怎见得，有诗为证，诗曰：

髻挽青丝杀气浮，修真炼性隐山丘。
炉中玄妙超三界，掌上风雷震九州。
十里金城驱黑雾，三仙瑶岛运神飚。
若还触恼仙姑怒，翻倒乾坤不肯休。

赵公明看时，原来是菡芝仙。公明曰：『道友为何相招？』道姑曰：『道兄哪里去？』赵公明把伐西岐失了定海珠的事说了一遍，『……方才问俺妹子借金蛟剪，去复夺定海珠，他坚持不允，故此往别处借些宝贝，再作区处。』菡芝仙曰：『岂有此理！我同道兄回去。一家不借，何况外人！』菡芝仙把公明请将回来，复至洞门下虎。童儿禀三位娘娘：『大老爷又来了。』三位娘娘复出洞来迎接。只见菡芝仙同来入内，行礼坐下。菡芝仙曰：『三位姐姐，道兄乃你三位一脉，为何不立纲纪。难道玉虚宫有道术，吾等就无道术。他既收了道兄二宝，理当为道兄出力。三位姐姐为何不允！这是何故？倘或道兄往别处借了奇珍，复得西岐燃灯之宝，你姊妹面上不好看了。况且至亲一脉，又非别人。今亲妹子不借，何况他人哉！连我八卦炉中炼的一物，也要协助闻兄去，怎的你倒不肯！』碧霄娘娘在旁，一力赞助：『姐姐，也罢，把金蛟剪借与长兄去罢。』云霄娘娘听罢，沉吟半晌，无法可处。不得已，取出金蛟剪来。云霄娘娘曰：『大兄，你把金蛟剪拿去，对燃灯说：「你可把定海珠还我，我便不放金蛟剪；你若不还我宝珠，我便放金蛟剪，那时月缺难圆。」他自然把宝珠还你。大兄，千万不可造次行事！我是实言。』公明应诺；接了金蛟剪，

离却三仙岛。菡芝仙送公明曰：『吾炉中炼成奇珍，不久亦至。』彼此作谢而别。公明别了菡芝仙，随风云而至成汤大营。旗牌报进营中：『启太师爷：赵老爷到了。』闻太师迎接入中军坐下。正是：

入门休问荣枯事，观见容颜便得知。

太师问曰：『道兄往哪里借宝而来？』公明曰：『往三仙岛吾妹子处，那里借他的金蛟剪来。明日务要复夺吾定海珠。』闻太师大喜，设酒款待，四阵主相陪。当日席散。次早，成汤营中炮响，闻太师上了墨麒麟，左右是邓、辛、张、陶。赵公明跨虎临阵，专请燃灯答话。哪吒报上芦篷。燃灯早知其意：『今公明已借金蛟剪来。』谓众道友曰：『赵公明已有金蛟剪，你们不可出去。吾自去见他。』遂上了仙鹿，自临阵前。公明一见燃灯，大呼曰：『你将定海珠还我，万事干休；若不还我，定与你见个雌雄！』燃灯曰：『此珠乃佛门之宝，今见主必定要取。你那左道旁门，岂有福慧压得住他！此珠还是我等了道证果之珍，你也不必妄想。』公明大叫曰：『今日你既无情，我与你月缺难圆！』燃灯道人见公明纵虎冲来，只得催鹿抵架。不觉鹿虎交加，往来数合。赵公明将金蛟剪祭起。不知燃灯性命如何，且听下回分解。

第四十八回　陆压献计射公明

诗曰：

周家开国应天符，何怕区区定海珠。
陆压有书能射影，公明无计庇头颅。
应知幻化多奇士，谁信凶残活独夫。
闻仲扭天原为主，忠肝留向在龙图。

话说公明祭起金蛟剪，此剪乃是两条蛟龙，采天地灵气，受日月精华，起在空中，挺折上下，祥云护体，头交头如剪，尾交尾如股，不怕你得道神仙，一闸两段。那时起在空中，往下闸来。燃灯忙弃了梅花鹿，借木遁去了。把梅花鹿一闸两段。公明怒气不息，暂回老营。不题。且说燃灯逃回芦篷，众仙接着，问金蛟剪的原故。燃灯摇头曰：『好利害！起在空中，如二龙绞结；落下来，利刃一般。我见势不好，预先借木遁走了。可惜把我的梅花鹿一闸两段！』众道人听说，俱各心寒，共议将何法可施。正议间，哪吒上篷来：『启老师：有一道者求见。』燃灯道：『请来。』哪吒下篷对道人曰：『老师有请。』这道人上得篷来，打稽首曰：『列位道兄请了！』燃灯与众道人俱认不得此人。燃灯笑容问曰：『道友是哪座名山？何处洞府？』道府曰：『贫道闲游五岳，闷戏四海，吾乃野人也。吾有歌为证，歌曰：

贫道乃是昆仑客，石桥南畔有旧宅。修行得道混元初，才了长生知顺逆。休夸炉内紫金丹，须知火里焚玉液。跨青鸾，骑白鹤，不去蟠桃飧寿药，不去玄都拜老君，不去玉虚门上诺。三山五岳任我游，海岛蓬莱随意乐。人人称我为仙癖，腹内盈虚自有情。陆压散人亲到此，西岐要伏赵公明。

贫道乃西昆仑闲人，姓陆，名压；因为赵公明保假灭真，又借金蛟剪下山，有伤众位道兄。他只知道术无穷，岂晓得玄中更妙？故此贫道特来会他一会。管教他金蛟剪也用不成，他自然休矣。』当日道人默坐无言。

次日，赵公明乘虎，篷前大呼曰：『燃灯，你既有无穷妙道，如何昨日逃回？可速来早决雌雄！』哪吒报上篷来。陆压曰：『贫道自去。』道人下得篷来，径至军前。赵公明忽见一矮道人，带鱼尾冠，大红袍，异相长须，作歌而来，歌曰：

烟霞深处访玄真，坐向沙头洗幻尘。七情六欲消磨尽，把功名付水流，任逍遥，自在闲身。寻野叟同垂钓，觅骚人共赋吟。乐酶酶别是乾坤。

赵公明认不得，问曰：『来的道者何人？』陆压曰：『吾有名，是你也认不得我。我也非仙，也非圣，你听我道来。歌曰：

性似浮云意似风，飘流四海不停踪。或在东海观皓月，或临南海又乘龙。三山虎豹俱骑尽，五岳青鸾足下从。不富贵，不簪缨，玉虚宫里亦无名。玄都观内桃子树，自酌三杯任我行。喜将棋局邀玄友，闲坐山岩听鹿鸣。闲吟诗句

惊天地，静里瑶琴乐性情。不识高名空费力，吾今到此绝公明。

贫道乃西昆仑闲人陆压是也。』赵公明大怒：『好妖道！焉敢如此出口伤人，欺吾太甚！』催虎提鞭来取。陆压持剑赴面交还。未及三五合，公明将金蛟剪祭在空中。陆压观之，大呼曰：『来的好！』化一道长虹而去。公明见走了陆压，怒气不息，又见芦篷上燃灯等昂然端坐，公明切齿而回。且说陆压逃归，此非是会公明战，实看公明形容，今日观之罢了。

千年道行随流水，绝在钉头七箭书。

且说陆压回篷，与诸道友相见。燃灯问：『会公明一事如何？』陆压曰：『衲子自有处治，此事请子牙公自行。』子牙欠身。陆压揭开花篮，取出一幅书，书写明白，上有符印口诀，『……依此而用，可往岐山立一营；营内筑一台。扎一草人，人身上书「赵公明」三字，头上一盏灯，足下一盏灯。自步罡斗，书符结印焚化，一日三次拜礼，至二十一日之时，贫道自来午时助你，公明自然绝也。』

子牙领命，前往岐山，暗出三千人马，又令南宫适、武吉前去安置。子牙后随军至岐山，南宫适筑起将台，安排停当，扎一草人，依方制度。子牙披发仗剑，脚步罡斗，书符结印，连拜三五日，把赵公明只拜的心如火发，意似油煎，走投无路，帐前走到帐后，抓耳挠腮。闻太师见公明如此不安，心中甚是不乐，亦无心理论军情。且说『烈焰阵』主白天君进营来，见闻太师，曰：『赵道兄这等无情无绪，恍惚不安，不如且留在营中。吾将「烈焰阵」去会阐教门人。』闻太师欲阻白天君，白天君大呼曰：『十阵之内无一阵成功，如今若坐视不理，何日成功！』遂不听太师之言，转身出营，走入『烈焰阵』内。钟声响处，白天君乘鹿大呼于篷下。燃灯同众道人下篷排班。方才出来，未曾站定，只见白天君大叫：『玉虚教下，谁来会吾此阵？』燃灯顾左右，无一人答应。陆压在旁问曰：『此阵何名？』燃灯曰：『此是「烈焰阵」。』陆压笑曰：『吾去会他一番。』道人笑谈作歌，歌曰：

烟霞深处运元功，睡醒茅庐日已红。翻身跳出尘埃境，把功名付转蓬。受用些明月清风。人世间，逃名士；云水中，自在翁；跨青鸾游遍山峰。

陆压歌罢。白天君曰：『尔是何人？』陆压曰：『你既设此阵，阵内必有玄妙处。我贫道乃是陆压，特来会你。』天君大怒，仗剑来取。陆压用剑相还。未及数合，白天君望阵内便走。陆压不听钟声，随即赶来。白天君下鹿，上台，将三首红幡招展。陆压进阵，见空中火，地下火，三昧火，三火将陆压围裹居中。他不知陆压乃火内之珍，离地之精，三昧之灵。三火攒绕，共在一家，焉能坏得此人。陆压被三火烧有两个时辰，在火内作歌，歌曰：

燧人曾炼火中阴，三昧攒来用意深。
烈焰空烧吾秘授，何劳白礼费其心？

白天君听得此言，着心看火内，见陆压精神百倍，手中托着一个葫芦。葫芦内有一线毫光，高三丈有余；上边现出一物，长有七寸，有眉有目；眼中两道白光反罩将下来，钉住了白天君泥丸宫。白天君不觉昏迷，莫知左右。

钟声响处，白天君乘鹿大呼于篷下。燃灯同众道人下篷排班，方才出来，未曾站定，只见白天君大叫：『玉虚教下，谁来会吾此阵？』

陆压在火内一躬：『请宝贝转身！』那宝物在白光头上一转，白礼首级早已落下尘埃。一道灵魂往封神台上去了。陆压收了葫芦，破了『烈焰阵』，方出阵时，只听后面大呼曰：『陆压休走！吾来也！』『落魂阵』主姚天君跨鹿持锏，面如黄金，海下红髯，巨口獠牙，声如霹雳，如飞电而至。燃灯命子牙曰：『你去唤方相破「落魂阵」走一遭。』子牙急令方相：『你去破「落魂阵」，其功不小。』方相应声而出，提方天画戟，飞步出阵曰：『那道人，吾奉将令，特来破你「落魂阵」！』更不答语，一戟就刺。方相身长力大。姚天君招架不住，掩一锏，望阵内便走。方相耳闻鼓声，随后追来。赶进『落魂阵』内，见姚天君已上板台，把黑砂一把洒将下来。可怜方相哪知其中奥妙？大叫一声，顷刻而绝。一道灵魂往封神台去了。姚天君复上鹿出阵，大叫曰：『燃灯道人，你乃名士，为何把一俗子凡夫枉受杀戮？你们可着道德清高之士来会吾此阵。』燃灯命赤精子：『你当去矣。』赤精子领命，提宝剑作歌而来。歌曰：

何幸今为物外人，都因夙世脱凡尘。
了知生死无差别，开了天门妙莫论。
事事事通非事事，神神神彻不神神。
目前总是常生理，海角天涯都是春。

赤精子歌罢，曰：『姚斌，你前番将姜子牙魂魄拜来，吾二次进你阵中，虽然救出子牙魂魄，今日你又伤方相，殊为可恨。』姚天君曰：『太极图玄妙也只如此，未免落在吾囊之物。你玉虚门下神通纵高不妙。』赤精子曰：『此是天意，该是如此。你今逢绝地，性命难逃，悔之无及。』姚天君大怒，执锏就打。赤精子口称：『善哉！』招架闪躲，未及数合，姚斌便进『落魂阵』去了。赤精子闻后面钟声，随进阵中。这一次乃三次了，岂不知阵中利害，赤精子将顶上把庆云一朵现出，先护其身；将八卦紫寿仙衣明现其身；光华显耀，使黑砂不粘其身，自然安妥。姚天君上台，见赤精子进阵，忙将一斗黑砂往下一泼。赤精子上有庆云，下有仙衣，黑砂不能侵犯。姚天君大怒，见此术不应，随欲下台，复来战争。不防赤精子暗将阴阳镜望姚斌劈面一晃。姚天君便撞下台来。赤精子对东昆仑打稽首曰：『弟子开了杀戒！』提剑取了首级。姚斌一道灵魂往封神台去了。赤精子破了『落魂阵』，取回太级图，送还玄都洞。

且言闻太师因赵公明如此，心下不乐，懒理军情，不知二阵主又失了机。太师闻报，破了两阵，只急得三尸神

暴跳，七窍内生烟，顿足叹曰：『不期今日吾累诸友遭此灾厄！』忙请二阵主张、王两位天君。太师泣而言曰：『不幸奉命征讨，累诸位道兄受此无辜之灾。吾受国恩，理当如此；众道友却是为何遭此惨毒，使闻仲心中如何得安！又见赵公明昏乱，不知军务，只是睡卧，尝闻鼻息之声。古云「神仙不寝」，乃是清净六根，如何今日六七日只是昏睡！』且不说汤营乱纷纷计议不一。且说子牙拜掉了赵公明元神散而不归，但神仙以元神为主，游八极，任逍遥，今一旦被子牙拜去，不觉昏沉，只是要睡。闻太师心下甚是着忙。自思：『赵道兄为何只是睡而不醒，必有凶兆！』闻太师愈觉郁郁不乐。且说子牙在岐山拜了半月，赵公明越觉昏沉，睡而不醒人事。太师入内帐，见公明鼻息如雷，用手推而问曰：『道兄，你乃仙体，为何只是酣睡？』公明答曰：『我并不曾睡。』二阵主见公明颠倒，谓太师曰：『闻兄，据我等观赵道兄光景，不是好事，想有人暗算他的，取金钱一卦，便知何故。』闻太师曰：『此言有理。』便忙排香案，亲自拈香，搜求八卦。闻太师大惊曰：『术士陆压将钉头七箭书，在西岐山要射杀赵道兄，这事如何处？』王天君问：『既是陆压如此，吾辈须往西岐山，抢了他的书来，方能解得此厄。』太师曰：『不可。他既有此意，必有准备，只可暗行，不可明取。若是明取，反为不利。』闻太师入后营，见赵公明，曰：『道兄，你有何说？』公明曰：『闻兄，你有何说？』太师曰：『原来术士陆压将钉头七箭书射你。』公明闻得此言，大惊曰：『道兄，我为你下山，你当如何解救我？』闻太师这一会神魂漂荡，心乱如麻，一时间走投无路。张天君曰：『不必闻兄着急，今晚命陈九公、姚少司二人借土遁暗往岐山，抢了此书来，大事方才可定。』太师大喜。正是：

哪吒登风火轮先行，杨戬在后。

天意已归真命主，何劳太师暗安排。

话说陈九公二位徒弟去抢箭书。不表。

且说燃灯与众门人静坐，各运元神。陆压忽然心血来潮，道人不语，掐指一算，早解其意。陆压曰：『众位道兄，闻仲已察出原由，今着他二门人去岐山，抢此箭书。箭书抢去，吾等无生。快遣能士报知子牙，须加防备，方保无虞。』燃灯随遣杨戬、哪吒二人：『速往岐山去报子牙。』哪吒蹬风火轮先行，杨戬在后。风火轮去而且快，杨戬的马慢便迟。且说闻太师着赵公明二位徒弟陈九公、姚少司去岐山，抢钉头七箭书。二人领命，速往岐山来。时已是二更，二人驾着土遁，在空中果见子牙披发仗剑，步罡踏斗于台前，书符念咒而发遣，正一拜下去，早被二人往下一坐，抓了箭书，似风云而去。子牙听见响，急抬头看时，案上早不见了箭书。子牙不知何故，自己沉吟。正忧虑之间，忽见哪吒来至。南宫适报入中军。子牙急令进来，问其原故。哪吒曰：『奉陆压道者命，说有闻太师遣人来抢箭书。此书若是抢去，一概无生。今

着弟子来报，令师叔预先防御。』子牙听罢，大惊曰：『方才吾正行法术，听见一声响，便不见了箭书，原来如此。你快去抢回来！』哪吒领令，出得营来，蹬风火轮便起，来赶此书。不表。且说杨戬马徐徐行至，未及数里，只见一阵风来，甚是古怪。怎见得好风：

喟啸啸如同虎吼，滑喇喇猛兽咆号。
扬尘播土逞英豪，搅海翻江华岳倒。
损林木如同劈砍，响时节花草齐凋。
催云卷雾岂相饶，无影无形真个巧。

杨戬见其风来得异怪，想必是抢了箭书来。杨戬下马，忙将土草抓一把，望空中一洒，喝一声：『疾！』坐在一边。正是先天秘术，道妙无穷，保真命之主，而随时响应。且说陈九公、姚少司二人抢了书来大喜，见前面是老营，落下土遁来。见邓忠巡外营，忙然报入。二人进营，见闻太师在中军帐坐定。二人上前回话。太师问曰：『你等抢书一事如何？』二人回曰：『奉命去抢书，姜子牙正行法术，等他拜下去，被弟子坐遁，将书抢回。』太师大喜，问二人：『将书拿上来。』二人将书献上。太师接书一看，放于袖内，便曰：『你们后边去回复你师父。』二人转身往后营正走，只听得脑后一声雷响，急回头不见大营，二人站在空地之上。二人如痴如醉。正疑之间，见一人白马长枪，大呼曰：『还吾书来！』陈九公、姚少司大怒，四口剑来取。杨戬枪大蟒一般。夤夜交兵，只杀的天惨地昏，枪剑之

声不能断绝。正战之际，只见空中风火轮响，哪吒听得兵器交加，落下轮来，摇枪来战。陈九公、姚少司哪里是杨戬敌手？况又有接战之人。哪吒奋勇，一枪把姚少司刺死；杨戬把陈九公胁下一枪，二人灵魂俱往封神台去了。杨戬问哪吒曰：『岐山一事如何？』哪吒曰：『师叔已被抢了书去，着吾来赶。』杨戬曰：『方才见二人驾土遁，风声古怪，吾想必是抢了书来；吾随设一谋，仗武王洪福，把书诓设过来；又得道兄协助，可喜二人俱死。』杨戬与哪吒复往岐山，来见子牙。二人行至岐山，天色已明。有武吉报入营中。子牙正纳闷时，只见来报：『杨戬、哪吒来见。』子牙命入中军，问其抢书一节，杨戬把诓设一事，说与子牙。子牙奖谕杨戬曰：『智勇双全，奇功万古！』又谕哪吒：『协助英雄，赤心辅国。』杨戬将书献与子牙，二人回芦篷。不表。且说子牙日夜用意提防，惊心提胆，又恐来抢。

且说闻太师等抢书回来报喜，等得第二日巳时，不见二人回来。又令辛环去打听消息。少时辛环来报：『启太师：陈九公、姚少司不知何故，死在中途。』太师拍案大叫曰：『二人已死，其书必不能返！』捶胸跌足，大哭于中军。只见二阵主进营，来见太师，见如此悲痛，忙问其故。太师把前事说了一遍，二天君不语，同进后营，来见赵公明。公明鼻息之声如雷。三位来至榻前，太师垂泪叫曰：『赵道兄。』公明睁目见闻太师来至，就问抢书一事。太师实对公明说曰：『陈九公、姚少司俱死。』赵公明将身坐起，二目圆睁，大呼曰：『罢了！悔吾早不听吾妹之言，果有丧身之祸！』公明只吓得浑身汗出，无计可施。公明叹曰：『想吾在天皇时得道，修成玉肌仙体，

岂知今日遭殃，反被陆压而死。真是可怜！闻兄，料吾不能再生，今追悔无及！但我死之后，你将金蛟剪连吾袍服包住，用丝绦缚定。我死，必定云霄诸妹来看吾之尸骸。你把金蛟剪连袍服递与他。吾三位妹妹见吾袍服，如见亲兄！』道罢，泪流满面，猛然一声大叫曰：『云霄妹子！悔不听你之言，致有今日之祸！』言罢，不觉哽咽，不能言语。闻太师见赵公明这等苦切，心如刀绞，只气的怒发冲冠，钢牙剉碎。当有『红水阵』主王变见如此伤心，忙出老营，将『红水阵』排开，径至篷下，大呼曰：『玉虚门下谁来会吾「红水阵」也？』哪吒、杨戬才在篷上回燃灯、陆压的话，又听得『红水阵』开了，燃灯只得领班下篷，众弟子分开左右。只见王天君乘鹿而来。好凶恶！怎见得，有诗为证，诗曰：

一字青纱头上盖，腹内玄机无比赛。

『红水阵』内显其能，修炼惹下诛身债。

说话燃灯命：『曹道友，你去破阵走一遭。』曹宝曰：『既为真命之主，安得推辞。』忙提宝剑出阵，大叫：『王变慢来！』王天君认得是曹宝散人，王变曰：『曹兄，你乃闲人，此处与你无干，为何也来受此杀戮？』曹宝曰：『察情断事，你们扶假灭真，不知天意有在，何必执拗。想赵公明不顺天时，今一旦自讨其死。十阵之间已破八九，可见天心有数。』王天君大怒，仗剑来取。曹宝剑架忙迎。步鹿相交，未及数合，王变往阵中就走。曹宝随后跟来，赶入阵中。王天君上台，将一葫芦水往下一摔。葫芦振破，红水平地拥来。一点粘身，四肢化为血水。曹宝被水粘身，可怜！只剩道服丝绦在，四肢皮肉化为津，一道灵魂往封神台去了。王天君复乘鹿出阵，大呼曰：『燃灯甚无道理！无辜断送闲人！玉虚门下高名者甚多，谁敢来会吾此阵？』燃灯命道德真君：『你去破此阵。』不知胜负如何，且听下回分解。

第四十九回　武王失陷红沙阵

诗曰：

一煞真元万事休，无为无作更无忧。
心中白璧人难会，世上黄金我不求。
石畔溪声谈梵语，涧边山色咽寒流。
有时七里滩头坐，新月垂江作钓钩。

话说道德真君领燃灯命，作罢歌，提剑而来。真君曰：『王变，你等不谙天时，指望扭转乾坤，逆天行事，只待丧身，噬脐何及。今尔等十阵已破八九，尚不悔悟，犹然恃强狂逞！』王天君听得道德真君如此之语，大怒，仗剑来取。道德真君剑架忙还。来往数合，王变进本阵去了。道德真君闻金钟击响，随后赶进阵中。王变上台，也将葫芦如前一样打将下来，只见红水满地。真君把袖一抖，落下一瓣莲花；道德真君双脚踏在莲花瓣上。任凭红水上下翻腾，道德真君只是不理。王天君又拿一葫芦打下来。真君顶上现出庆云，遮盖上面，无水粘身；下面红水不能粘其步履，如一叶莲舟相似。正是：

一叶莲舟能解厄，方知阐教有高人。

道德真君脚踏莲舟，有一个时辰。王变情知此阵不能成功，方欲抽身逃走。道德真君忙取五火七禽扇一扇。此扇有空中火、石中火、木中火、三昧火、人间火，五火合成此宝。扇有凤凰翅，有青鸾翅，有大鹏翅，有孔雀翅，有白鹤翅，有鸿鹄翅，有枭鸟翅。七禽翎上有符印，有秘诀。后人有诗单道此扇好处，有诗为证：

五火奇珍号七翎，授人初出乘离荧。
逢山怪石成灰烬，遇海煎乾少露泠。
克木克金为第一，焚梁焚栋暂无停。
王变纵有神仙体，遇扇扇时即灭形。

道德真君把七禽扇照王变一扇。王变大叫一声，化一阵红灰，径进封神台去了。道德真君破了『红水阵』。燃灯回芦篷静坐。且说张天君报入中军：『启太师：「红水阵」又被西周破了。』闻太师因赵公明有钉头七箭书事，郁郁不乐，纳闷心头，不曾理论军情；又听得破了一阵，更添愁闷。

且说子牙在岐山拜了二十日，七篇书已拜完；明日二十一日，要绝公明，心下甚欢喜。再说赵公明卧于后营，闻太师坐于榻前看守。公明曰：『闻兄，吾与你止会今日。明日午时，吾命已休！』太师听罢，泣而言曰：『吾累道兄遭此不测之殃，使我心如刀割！』张天君进营来看赵公明，正是有力无处使，只恨钉头七箭书。把一个大罗神仙只拜得如俗子病夫一般，可怜讲甚么五行遁术，说不起倒海移山，只落得一场虚话！大家相看流泪。且说子牙至二十一日巳牌时分，武吉来报：『陆压老爷来了。』子牙出营迎接，入帐行礼。序坐毕，陆压曰：『恭喜！恭喜！赵公明定绝今日！且

武王见众道人下拜。众道人答礼相还。

又破了「红水阵」，可谓十分之喜！」子牙深谢陆压：「若非道兄法力无边，焉得公明绝命。」陆压笑吟吟揭开花篮，取出小小一张桑枝弓，三只桃枝箭，递与子牙，「今日午时初刻，用此箭射之。」子牙曰：「领命。」二人在帐中等至午时，不觉阴阳官来报：「午时牌！」子牙净手，拈弓，搭箭。陆压曰：「先中左目。」子牙依命，先中左目。——这西岐山发箭射草人，成汤营里赵公明大叫一声。把左眼闭了。闻太师心如刀割，一把抱住公明，泪流满面，哭声甚惨。子牙在岐山，二箭射右目，三箭劈心一箭，三箭射了草人。公明死于成汤营里。有诗为证：

悟道原须灭去尘，尘心不了怎成真。
至今空却罗浮洞，封受金龙如意神。

闻太师见公明死于非命，放声大哭；用棺椁盛殓，停于后营。邓、辛、张、陶四将心惊胆战，「周营有这样高人，如何与他对敌！」营内只因死了公明，彼此惊乱，行伍不整。且言子牙同陆压回篷，与众道友相见，俱说：「若不是陆压兄之术，焉能使公明如此命绝！」燃灯甚是

称羡。

且说张天君开了『红沙阵』，里面连催钟响，燃灯听见，谓子牙曰：『此「红沙阵」乃一大恶阵，必须要一福人方保无虞。若无福人去破此阵，必须大损。』子牙曰：『老师用谁为福人？』燃灯曰：『若破「红沙阵」，须是当今圣主方可。若是别人，凶多吉少。』子牙曰：『当今天子体先王仁德，不善武事，怎破得此阵？』燃灯曰：『事不宜迟，速请武王，吾自有处。』子牙着武吉请武王。少时，武王至篷下。子牙迎迓上篷。武王见众道人下拜。众道人答礼相还。武王曰：『列位老师相招，有何吩咐？』燃灯曰：『方今十阵已破九阵，止得一「红沙阵」，须得至尊亲破，方保无虞。但不知贤王可肯去否？』武王曰：『列位道长此来，俱为西土祸乱不安而发此恻隐。今日用孤，安敢不去。』燃灯大喜：『请王解带，宽袍。』武王依其言，摘带，脱袍。燃灯用中指在武王前后胸中用符印一道，完毕，请武王穿袍，又将一符印塞在武王蟠龙冠内。燃灯又命哪吒、雷震子保武王下篷。只见『红沙阵』内有两位道人，戴鱼尾冠，面

彩云仙子把葫芦中戮目珠抓在手中，要打黄天化下麒麟。

如冻绿，颔下赤髯，提两口剑，作歌而来。歌曰：

截教传来悟者稀，玄中大妙有天机。
先成炉内黄金粉，后炼无穷白玉霏。
红沙数片人心落，黑雾弥漫胆骨飞。
今朝若会龙虎地，便是神仙绝魄归。

『红沙阵』主张绍大呼曰：『玉虚门下谁来会吾此阵？』只见风火轮上哪吒提火尖枪而来。又见雷震子保有一人，戴蟠龙冠，身穿黄服。张绍曰：『来者是谁？』哪吒答曰：『此吾之真主武王是也。』武王见张天君狰狞恶状，凶暴猖獗，唬得战惊惊，坐不住马鞍鞒上。张天君纵开梅花鹿，仗剑来取。哪吒登开风火轮，摇枪赴面交还。未及数合，张天君往本阵便走。哪吒、雷震子保定武王径入『红沙阵』中。张天君见三人赶来，忙上台，抓一片红沙往下劈面打来。武王被红沙打中前胸，连人带马撞下坑去。哪吒踏住风火轮就升起空中。张绍又发三片沙打将下来，也把哪吒连轮打下坑内。雷震子见事不好，欲起风雷翅，又被红

沙数片打翻下坑。故此『红沙阵』困住了武王三人。且说燃灯同子牙见『红沙阵』内一股黑气往上冲来，燃灯曰：『武王虽是有厄，然百日可解。』子牙问其详细：『武王怎不见出阵来？』燃灯曰：『武王、雷震子、哪吒三个俱该受困此阵。』子牙慌问：『老师，几时回来？』燃灯曰：『百日方能出得此厄。』子牙听罢，顿足叹曰：『武王乃仁德之君，如何受得百日之苦，那时若有差讹，奈何？』燃灯曰：『不妨。天命有在，周主洪福，自保无事，子牙何必着忙，暂且回篷，自有道理。』子牙进城，报入宫中。太姬、太妊二后忙令众兄弟进相府来问。子牙曰：『当今不妨，只有百日灾难，自保无虞。』子牙出城，复上篷见众道友，闲谈道法。不题。话表张天君进宫对闻太师曰：『武王、雷震子、哪吒俱陷「红沙阵」内。』闻太师口虽庆喜，心中只是不乐。止为公明混闷而死。张天君阵内，每日常把红沙洒在武王身上，如同刀刃一般。多亏前后符印护持其体，真命福人，焉能得绝。

且不说张绍困住武王；只说申公豹跨虎往三仙岛来报信与云霄娘娘姊妹三人。及至洞门，光景与别处大不相同。怎见得：

烟霞袅袅，松柏森森。烟霞袅袅瑞盈门，松柏森森青绕户。桥踏枯槎木，峰巅绕薜萝，鸟衔红蕊来云壑，鹿践芳丛上石苔。那门前时催花发，风送香浮，临堤绿柳转黄鹂，旁岸夭桃翻粉蝶。虽然别是洞天景，胜似蓬莱阆苑佳。

话说申公豹行至洞中下虎，问：『里面有人否？』少时，一女童出来，认得申公豹，便问：『老师往哪里来？』申公豹曰：『报你师父，说我来访。』童儿进洞：『启娘娘：申老爷来访。』娘娘道：『请来。』申公豹入内相见，稽

首坐下。云霄娘娘问曰：『道兄何来？』公豹曰：『特为令兄的事来。』云霄娘娘曰：『吾兄有甚么事敢烦道兄？』申公豹笑曰：『赵道兄被姜尚钉头七箭书射死岐山，你们还不知道。』只见琼霄、碧霄听罢，顿足曰：『不料吾兄死于姜尚之手，实为痛心！』放声大哭。申公豹在旁又曰：『令兄把你金蛟剪借下山，一功未成，反被他人所害。临危对闻太师说：「我死之后，吾妹必定来取金蛟剪。你多拜上三位妹子：吾悔不听云霄之言，反入罗网之厄。见吾道服，丝绦，如见我亲身一般！」言之痛心，说之酸鼻！可怜千年勤劳修炼一场，岂知死于无赖之手！真是切骨之仇！』云霄娘娘曰：『吾师有言：「截教门中不许下山；如下山者，『封神榜』上定是有名。」故此天数已定。吾兄不听师言，故此难脱此厄。』琼霄曰：『姐姐，你实是无情！不为吾兄出力，故有此言。我姊妹三人就是「封神榜」上有名也罢，吾定去看吾兄骸骨，不负同胞。』琼霄、碧霄娘娘怒气冲冲，不由分说，琼霄忙乘鸿鹄，碧霄乘花翎鸟出洞。云霄娘娘暗思：『吾妹妹此去，必定用混元金斗乱拿玉虚门人，反为不美。惹出事来，怎生得好！吾当亲去执掌，还可在我。』娘娘吩咐女童：『好生看守洞府，我去就来。』娘娘跨青鸾，也出洞府；见碧霄、琼霄飘飘跨异鸟而来。云霄娘娘大叫曰：『妹妹慢行！吾也来了！』二位娘娘道：『姐姐，你往哪里去？』云霄曰：『我见你们不谙事礼，恐怕多事，同你去，见机而作，不可造次。』三人同行，只见后面有人呼曰：『三位姐姐慢行！吾也来了！』云霄回头看时原来是菡芝仙妹子。问道：『你从哪里来？』菡芝仙曰：『同你往西岐去。』娘娘大喜。才待前行，又有人来叫曰：『少待！吾来也！』及看时，乃彩云仙子，打稽首曰：『四位姐姐往西岐去；方才遇着申公豹约我同

行，正要往闻道兄那里去，恰好遇着大家同行。』五位女仙往西岐来，顷刻，驾遁光即时而至。正是：

群仙顶上天门闭，九曲黄河大难来。

话说五位仙姑来至营门，命旗门官通报。旗门官报入中军。闻太师出营迎请至帐门，打稽首坐下。云霄曰：『前日吾兄被太师请下罗浮洞来，不料被姜尚射死。我姊妹特来收吾兄骸骨。如今却在那里？烦太师指示。』闻太师悲咽泣诉，泪雨如珠，曰：『道兄赵公明不幸遭萧升、曹宝收了定海珠去。他往道友洞府借了金蛟剪来，就会燃灯；交战时便祭此剪。燃灯逃遁，其坐下一鹿闸为两段。次日有一野人陆压会令兄，又祭此箭。陆压化作长虹而走。然后两下不曾会战。数日来，西岐山姜尚立坛行术，咒诅令兄，被吾算出。彼时令兄有二门人陈九公、姚少司，令他去抢钉头七箭书，又被哪吒杀死。令兄对吾道：「悔不听吾妹云霄之言，果有今日之苦。」他将金蛟剪用道服包定，留与三位道友，见服如见公明。』闻太师道罢，放声掩面大哭。五位道姑齐动悲声。太师起身，忙取袍服所包金蛟剪放于案上。三位娘娘展开，睹物伤情，泪不能干。琼霄切齿，碧霄面发通红，动了无明三昧。碧霄曰：『吾兄棺椁在那里？』太师曰：『在后营。』琼霄曰：『吾去看来。』云霄娘娘止曰：『吾兄既死，何必又看？』碧霄曰：『既来了，看看何妨？』二位娘娘就走，云霄只得同行。来到后营，三位娘娘见了棺木，揭开一看，见公明二目血水流津，心窝里流血，不得不怒。琼霄大叫一声，几乎气倒。碧霄含怒曰：『姐姐不必着急，我们拿住他，也射他三箭，报此仇恨！』云霄曰：『不管姜尚事，是野人陆压，弄这样邪术！一则也是吾兄数尽，二则邪术倾生，吾等只拿陆压，也

射他三箭，就完此恨。』又见『红沙阵』主张天君进营，与五位仙姑相见。太师设席与众位共饮数杯。次日，五位道姑出营。闻太师掠阵；又命邓、辛、张、陶护卫前后。云霄乘鸾来至篷下，大呼曰：『传与陆压，早来会吾！』左右忙报上篷来：『有五位道姑欲请陆老爷答话。』陆压起身曰：『贫道一往。』提剑在手，迎风大袖飘扬而来。云霄娘娘观看，陆压虽是野人，真有些仙风道骨。怎见得：

双抓髻，云分瑞彩；水合袍，紧束丝绦。仙风道骨气逍遥，腹内无穷玄妙。四海野人陆压，五岳到处名高。学成异术广，懒去赴蟠桃。

云霄对二妹曰：『此人名为闲士，腹内必有胸襟。看他到了面前怎样言语，便知他学识浅深。』陆压徐徐而至，念几句歌词而来：

白云深处诵《黄庭》，洞口清风足下生。无为世界清虚境，脱尘缘万事轻。叹无极天地也无名。袍袖展，乾坤大；杖头挑，日月明。只在一粒丹成。

陆压歌罢，见云霄打个稽首。琼霄曰：『你是散人陆压否？』陆压答曰：『然也。』琼霄曰：『你为何射死吾兄赵公明？』陆压答曰：『三位道友肯容吾一言，吾便当说；不容吾言，任你所为。』云霄曰：『你且道来！』陆压曰：『修道之士，皆从理悟，岂仗逆行。故正者成仙，邪者堕落。吾自从天皇悟道，见过了多少逆顺。历代以来，从善归宗，自成正果。岂意赵公明不守顺，专行逆，助灭纲败纪之君，杀戮无辜百姓，天怒民怨。且仗自己道术，不顾别人修持。此是只知有己，不知有人，便是逆天。从古来逆天者亡，吾今即是天差杀此逆士，又何怨于我！吾观道友，此地居不久，此处乃兵山火海，怎立其身？若久居之，恐失长生之路。吾不失忌讳，冒昧上陈。』云霄沉吟，良久不语。琼霄大喝曰：『好孽障！焉敢将此虚谬之言，簧惑众听！射死吾兄，反将利口强辩！料你毫末之道，有何能处。』琼霄娘娘怒冲霄汉，仗剑来取。陆压剑架忙迎。未及数合，碧霄将混元金斗望空祭起。陆压怎逃此斗之厄！有诗为证：

此斗开天长出来，内藏天地按三才。
碧游宫里亲传授，阐教门人尽受灾。

碧霄娘娘把混元金斗祭于空中，陆压看见，却待逃走；其如此宝利害，只听得一声响，将陆压拿去，望成汤老营一摔。陆压总有玄妙之功，也摔得昏昏默默。碧霄娘娘亲自动手，绑缚起来；把陆压泥丸宫用符印镇住，绑在幡杆上；与闻太师曰：『他会射吾兄，今番我来射他！』传长箭手，令五百名军来射。箭发如雨，那箭射在陆压身上，一会儿，那箭连箭杆与箭头都成灰末。众军卒大惊。闻太师观之，无不骇异。云霄娘娘看见如此，碧霄曰：『这妖道将何异术来惑我等！』忙祭金蛟剪。陆压看见，叫声：『吾去也！』化道长虹，径自走了；来到篷下见众位道友。燃灯问曰：『混元金斗把道友拿去，如何得返？』陆压曰：『他将箭来射吾，欲与其兄报仇。他不知我根脚，那箭射在我身上，箭咫尺成为灰末。复放金蛟剪时，吾自来矣。』燃灯曰：『公道术精奇，真个可羡！』陆压曰：『贫道今日暂别，不日再会。』不表。

且说次日，云霄共五位道姑齐出来会子牙。子牙随带领诸门人，乘了四不像，众弟子分左右。子牙定睛，看云霄跨青鸾。怎见得：

云髻双蟠道德清，红袍白鹤顶朱缨。

丝绦束定乾坤结，足下麻鞋瑞彩生。

劈地开天成道行，三仙岛内炼真形。

六气三尸俱抛尽，咫尺青鸾离玉京。

话说子牙乘骑向前，打稽首曰：『五位道友请了！』云霄曰：『姜子牙，吾居三仙岛，是清闲之士，不管人间是非。只因你将吾兄赵公明用钉头七箭书射死。他有何罪，你下此绝情，实为可恶！你虽是陆压所使，但杀人之兄，人亦杀其兄，我等不得不问罪与你。况你乃毫末道行，何足为论。就是燃灯道人知吾姊妹三人，他也不敢欺忤我。』子牙曰：『道友此言差矣！非是我等寻事作非，乃是令兄自取惹事。此是天数如此，终不可逃。既逢绝地，怎免灾殃！令兄师命不遵，要往西岐，是自取死。』琼霄大怒曰：『既杀吾亲兄，还借言天数，吾与你杀兄之仇，如何以巧言遮饰！不要走，吃吾一剑！』把鸿鹄鸟催开双翅，将宝剑飞来直取。子牙手中剑急架相还。只见黄天化纵玉麒麟，使两柄银锤冲杀过来。杨戬走马摇枪，飞来截杀。这壁厢碧霄怒发如雷，『气杀我也！』把花翎鸟二翅飞腾。云霄把青鸾飞开，也来助战。彩云仙子把葫芦中戮目珠抓在手中，要打黄天化下麒麟。不知性命如何，且听下回分解。

第五十回　三姑计摆黄河阵

诗曰：

黄河恶阵按三才，此劫神仙尽受灾。
九九曲中藏造化，三三湾内隐风雷。
谩言阆苑修真客，谁道灵台结圣胎。
遇此总教重换骨，方知左道不堪媒。

话说彩云仙子把戮目珠望黄天化劈面打来，此珠专伤人目。黄天化不及提防，被打伤二目，翻下玉麒麟。有金吒速救回去。子牙把打神鞭祭起，正中云霄，掉下青鸾。有碧霄急来救时，杨戬又放起哮天犬，把碧霄肩膀上一口，连皮带服扯了一块下来。且言菡芝仙见势不好，把风袋打开，好风！怎见得，有诗为证，诗曰：

能吹天地暗，善刮宇宙昏。裂石崩山倒，人逢命不存。

菡芝仙放出黑风。子牙急睁眼看时，又被彩云仙子一戮目珠打伤眼目，几乎落骑。琼霄发剑冲杀，幸得杨戬前后救护，方保无虞。子牙走回芦篷，闭目不睁。燃灯下篷看时，乃知戮目珠伤了；忙取凡药疗治，一时而愈。子牙与黄天化眼目好了。黄天化切齿咬牙，终是怀恨，欲报此珠之仇。

且说云霄被打神鞭打重了；碧霄被哮天犬咬了。三位娘娘曰：『吾倒不肯伤你，你今番坏吾！罢，罢，罢！妹

杨戬倚了胸襟，仗了道术，催马摇枪来取。

子，莫言他玉虚门下人，你就是我师伯，也顾不得了！』正是：

不施奥妙无穷术，哪显仙传秘授功？

话说云霄服了丹药，谓闻太师曰：『把你营中大汉子选六百名来与吾，有用处。』太师令吉立去，即时选了六百大汉前来听用。云霄三位娘娘同二位道姑往后营，用白土画成图式：何处起，何处止。内藏先天秘密，生死机关；外按九宫八卦，出入门户，连环进退，井井有条。人虽不过六百，其中玄妙不啻百万之师。纵是神仙入此，则神消魄散。其阵，众人也演习半月有期，方才走熟。那一日，云霄进营来见闻太师，曰：『今日吾阵已成，请道兄看吾会玉虚门下弟子。』太师问曰：『不识此阵有何玄妙？』云霄曰：『此阵内按三才，包藏天地之妙；中有惑仙丹，闭仙诀，能失仙之神，消仙之魄，陷仙之形，损仙之气，丧神仙之原本，损神仙之肢体。神仙入此而成凡，凡人入此而即绝。九曲曲中无直，曲尽造化之奇，抉尽神仙之秘。任他三教圣人，遭此亦难逃脱。』太师闻说大喜，传令：『左右，起兵出营！』闻太师上了墨麒

麟，四将分于左右。五位道姑齐至篷前，大呼曰：『左右探事的，传与姜子牙，着他亲自出来答话。』探事的报上篷来：『汤营有众女将讨战。』子牙传令，命众门人排班出来。云霄曰：『姜子牙，若论二教门下，俱会五行之术。倒海移山，你我俱会。今我有一阵，请你看。你若破得此阵，我等尽归西岐，不敢与你拒敌。你若破不得此阵，吾定为我兄报仇。』杨戬曰：『道兄，我等同师叔看阵，你不可乘机暗放奇宝暗器伤我等。』云霄曰：『你是何人？』杨戬答曰：『我是玉泉山金霞洞玉鼎真人门下杨戬是也。』碧霄曰：『我闻得你有八九元功，变化莫测。我只看你今日也用变化来破此阵，我断不像你等暗用哮天犬而伤人也。快去看了阵来，再赌胜负！』杨戬等各忍怒气，保着子牙来看阵图。及至到了一阵，门上悬有小小一牌，上书『九曲黄河阵』。士卒不多，只有五六百名。旗幡五色。怎见得，有赞为证，赞曰：

阵排天地，势摆黄河。阴风飒飒气侵人，黑雾弥漫迷日月。悠悠荡荡，杳杳冥冥。惨气冲霄，阴霾彻地。任你千载修持成画饼；损神丧气，虽逃万劫艰辛俱失脚。正所谓：神仙难到，尽削去顶上三花；那怕你佛祖厄来，也消了胸中五气。逢此阵劫数难逃；遇他时真人怎躲？

话言姜子牙看罢此阵，回见云霄。云霄曰：『子牙，你识此阵么？』子牙曰：『道友，明明书写在上，何必又言识与不识也。』碧霄大喝杨戬曰：『你今日再放哮天犬来！』杨戬倚了胸襟，仗了道术，催马摇枪来取。琼霄在鸿鹄上执剑来迎。未及数合，云霄娘娘祭起混元金斗。杨戬不知此斗利害，只见一道金光，把杨戬吸在里面，往『黄河阵』里一摔。不怕你：

七十二变俱无用，怎脱『黄河阵』内灾！

却说金吒见拿了杨戬，大喝曰：『将何左道拿吾道兄！』仗剑来取。琼霄持宝剑来迎。金吒祭起捆龙桩。云霄笑曰：『此小物也！』托金斗在手，用中指一指，捆龙桩落在斗中。二起金斗，把金吒拿去，摔入『黄河阵』中。正是此斗：

装尽乾坤并四海，任他宝物尽收藏。

话说木吒见拿了兄长去，大呼曰：『那妖妇将何妖术敢欺吾兄！』这道童狼行虎跳，仗剑且凶，望琼霄一剑劈来。琼霄急架忙迎。未及三合，木吒把肩膀一摇，吴钩剑起在空中。琼霄一见，笑曰：『莫道吴钩不是宝，吴钩是宝也难伤吾！』云霄用手一招，宝剑落在斗中。云霄再祭金斗，木吒躲不及，一道金光，装将去了，也摔在『黄河阵』中。云霄大怒，把青鸾一纵，二翅飞来，直取子牙。子牙见拿了三位门人去，心下惊恐，急架云霄剑时，未及数合，云霄把混元金斗祭起来拿子牙。子牙忙将杏黄旗招展。旗现金花，把金斗敌住在空中，只是乱翻，不得落将下来。子牙败回芦篷，来见燃灯等。燃灯曰：『此宝乃是混元金斗。这一番方是众位道友逢此一场劫数。你们神仙之体有些不祥。入此阵内，根深者不妨，根浅者只怕有些失利。』

且说云霄娘娘回进中营。闻太师见一日擒了三人入阵，太师问云霄曰：『此阵内拿去的玉虚门人怎生发落？』云

霄曰：『等我会了燃灯之面，自有道理。』闻太师营中设席款待。张天君『红沙阵』困着三人，又见云霄这等异阵成功，闻太师爽怀乐意。正是：

屡胜西岐重重喜，只怕苍天不顺情。

且说闻太师欢饮而散。次日，五位道姑齐至篷前，坐名请燃灯答话。燃灯同众道人排班而出。云霄见燃灯坐鹿而出。怎见得，有赞为证，赞曰：

双抓髻，乾坤二色，皂道服，白鹤飞云。仙风并道骨，霞彩现当身。顶上灵光千丈远，包罗万象胸襟。九返金丹全不讲，修成圣体彻灵明。灵鹫山上客，元觉道燃灯。

且说燃灯见云霄，打稽首，曰：『道友请了！』云霄曰：『燃灯道人，今日你我会战，决定是非。吾摆此阵，请你来看阵。只因你教下门人将吾道污蔑太甚，吾故此才有念头。如今月缺难圆。你门下有甚高明之士，谁来会吾此阵？』燃灯笑曰：『道友此言差矣！佥押「封神榜」，你亲自在宫，岂不知循环之理，从来造化，复始周流。赵公明定就如此，本无仙体之缘，该有如此之劫。』琼霄曰：『姐姐既设此阵，又何必与他讲甚么道德。待吾拿他，看他有何术相抵！』琼霄娘娘在鸿鹄鸟上仗剑飞来。这壁厢恼了众门下。内有一道人作歌曰：

高卧白云山下，明月清风无价。壶中玄奥，静里乾坤大。夕阳看破霞，树头数晚鸦。花阴柳下，笑笑逢人话：剩水残山，行行到处家。凭咱茅屋任生涯，从他金阶玉露滑。

赤精子歌罢，大呼曰：『少出大言！琼霄道友，你今日到此，也免不得「封神榜」上有名。』轻移道步，执剑而来。琼霄听说，脸上变了两朵桃花，仗剑直取。步鸟飞腾，未及数合，云霄把混元金斗望上祭起，一道金光，如电射目，将赤精子拿住，望『黄河阵』内一摔，跌在里面，如醉如痴，即时把顶上泥丸宫闭塞了。可怜千年功行，坐中辛苦，只因一千五百年逢此大劫，乃遇此斗，装入阵中，纵是神仙也没用了。广成子见琼霄如此逞凶，大叫：『云霄休小看吾辈，有辱阐道之仙，自恃碧游宫左道！』云霄见广成子来，忙催青鸾，上前问曰：『广成子，莫说你是玉虚宫头一位击金钟首仙，若逢吾宝，也难脱厄。』广成子笑曰：『吾已犯戒，怎说脱厄？定就前因，怎违天命。今临杀戒，虽悔何及！』仗剑来取。云霄执剑相迎。碧霄又祭金斗。只见金斗显耀，目观不明，也将广成子拿入『黄河阵』内。如赤精子一样相同，不必烦叙。此混元金斗，正应玉虚门下徒众该削顶上三花，天数如此，自然随时而至，总把玉虚门人俱拿入『黄河阵』，闭了天门，失了道果。只等子牙封过神，再修正果，返本还元。此是天数。话说云霄将混元金斗拿文殊广法天尊，拿普贤真人，拿慈航道人、道德真君，拿清微教主太乙真人，拿灵宝大法师，拿惧留孙，拿黄龙真人：把十二弟子俱拿入阵中；止剩的燃灯与子牙。且说云霄娘娘又倚金斗之功，无穷妙法，大呼曰：『月缺今日难圆，作恶到底！燃灯道人，今番你也难逃！』又祭混元金斗来擒燃灯。燃灯见事不好，借土遁化清风而去。三位娘娘见燃灯走了，暂归老营。闻太师见『黄河阵』内拿了玉虚许多门人，十分喜悦，设席贺功。云霄娘娘虽是饮酒而散，静默自思：『事已做成，怎把玉虚门下许多门人困于阵中，……此事不好处，使吾今日进退两难。』

且说燃灯逃回篷上，只见子牙上篷相见，坐下。子牙曰：『不料众道兄俱被困于「黄河阵」中，凶吉不知如何？』燃灯曰：『虽是不妨，可惜了一场功夫虚用了。如今我贫道只得往玉虚宫走一遭。子牙，你在此好生看守，料众道友不得损身。』燃灯彼时离了西岐，驾土遁而行，霎时来至昆仑山麒麟崖落下遁光，行至宫前，又见白鹤童儿看守九龙沉香辇。燃灯向前问童儿曰：『掌教师尊往哪里去？』白鹤童儿口称：『老师，老爷驾往西岐，你速回去焚香静室，迎鸾接驾。』燃灯听罢，火速忙回至篷前，见子牙独坐，燃灯曰：『子牙公，快焚香结彩，老爷驾临！』子牙忙净洁其身，秉香道旁，迎迓鸾舆。只见霭霭香烟，氤氲遍地。怎见得，有歌为证，歌曰：

混沌从来道德奇，全凭玄理立玄机。太极两仪并四象，天开于子任为之，地丑人寅吾掌教，『黄庭』两卷度群迷。玉京金阙传徒众，火种金莲是我为。六根清静除烦恼，玄中妙法少人知。二指降龙能伏虎，目运祥光天地移。顶上庆云三万丈，遍身霞绕彩云飞。闲骑逍遥四不像，默坐沉檀九龙车。飞来异兽为扶手，喜托三宝玉如意。白鹤青鸾前引道，后随丹凤舞仙衣，羽扇分开云雾隐，左右仙童玉笛吹，黄巾力士听敕命，香烟滚滚众仙随。阐道法扬真教主，元始天尊离玉池。

话说燃灯、子牙听见半空中仙乐，一派嘹亮之音，燃灯秉香轵道，伏地曰：『弟子不知大驾来临，有失远迎，望乞恕罪。』元始天尊落了沉香辇。南极仙翁执羽扇随后而行。燃灯、子牙请天尊上芦篷，倒身下拜。天尊开言曰：『尔等平身。』子牙复俯伏启曰：『三仙岛摆「黄河阵」，众弟子俱有陷身之厄，求老师大发慈悲，普行救拔。』

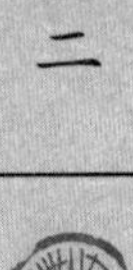

杨戬不知此斗利害，只见一道金光，把杨戬吸在里面，往『黄河阵』里一摔。

元始曰：『天数已定，自莫能解，何必你言。』元始默言静坐。燃灯、子牙侍于左右。至子时分，天尊顶上现庆云，有一亩田大；上放五色毫光，金灯万盏点点落下，如檐前滴水不断。且说云霄在阵中，猛见庆云现出，云霄谓二妹子曰：『师伯至矣！妹子，我当初不肯下山，你二人坚执不从。我一时动了无明，偶设此阵，把玉虚门人俱陷在里面，使我又不好放他，又不好坏他。今番师伯又来，怎好相见，真为掣肘！』琼霄曰：『姐姐此言差矣！他又不是吾师，尊他为上，不过看吾师之面。我不是他教下门人，任凭我为，如何怕他？』碧霄曰：『我们见他，尊他。他如无声色，以礼相待；他如有自尊之念，我们哪认他甚么师伯！既为敌国，如何逊礼。今此阵既已摆了，说不得了，如何怕得许多！』话说元始天尊次日清晨命南极仙翁：『将沉香辇收拾，吾既来此，须进「黄河阵」走一遭。』燃灯引道，子牙随后，下篷行至阵前。白鹤童儿大呼曰：『三仙岛云霄快来接驾！』只见云霄等三人出阵，道旁欠身，口称：『师伯，弟子甚是无礼，望乞恕罪！』元始曰：『三位设此阵，

乃我门下该当如此。只是一件，你师尚不敢妄为，尔等何苦不守清规，逆天行事，自取违教之律！尔等且进阵去，我自进来。』三位娘娘先自进阵，上了八卦台，看元始进来如何。且说天尊拍着飞来椅，径进阵来；沉香辇下四脚离地二尺许高，祥云托定，瑞彩飞腾。天尊进得阵来，慧眼垂光，见十二弟子横睡直躺，闭目不睁。天尊叹曰：『只因三尸不斩，六气未吞，空用功夫千载！』天尊道心慈悲，看罢方欲出阵。八卦台上彩云仙子见天尊回身，抓一把戮目珠打来。怎见得，有诗为证，诗曰：

奇珠出手焰光生，灿烂飞腾太没情。
只说暗伤元始祖，谁知此宝一时倾？

话说元始天尊看罢『黄河阵』方欲出阵，彩云仙子将戮目珠从后面打来。那珠未到天尊跟前，已化作灰尘飞去。云霄见而失色。且说元始出阵，上篷坐下。燃灯曰：『老师进阵内，众道友如何？』元始曰：『三花削去，闭了天门，已成俗体，即是凡夫。』燃灯又曰：『方才老师入阵，如何不破此阵，将众道友提援出来，大发慈悲？』元始笑曰：『此教虽是贫道掌，尚有师长，必当请问过道兄，方才可行。』言未毕，听空中鹿鸣之声，元始曰：『八景宫道兄来矣。』忙下篷迎迓。怎见得，有诗为证，诗曰：

鸿濛剖破玄黄景，又在人间治五行。
度得轩辕升白昼，函关施法道常明。

话说老子乘牛从空而降，元始远迓，大笑曰：『为周家八百年事业，有劳道兄驾临！』老子曰：『不得不来。』燃灯明香引道上篷，玄都大法师随后。燃灯参拜，子牙叩首毕，二位天尊坐下。老子曰：『三仙童子设一「黄河阵」，吾教下门下俱厄于此，你可曾去看？』元始曰：『贫道先进去看过，正应垂象，故候道兄。』老子曰：『你就破了罢，又何必等我？』二位天尊默坐不言。且说三位娘娘在阵，又见老子顶上现一坐玲珑塔于空中，毫光五色，隐现于上。云霄谓二妹曰：『玄都大老爷也来了，怎生得好？』碧霄娘娘道：『姐姐，各教所授，哪里管他！今日他再来，吾不得昨日那样待他，哪里怕他？』云霄摇头，『此事不好。』琼霄曰：『但他进此阵，就放金蛟剪，再祭混元金斗，何必惧他？』且说次日，老子谓元始曰：『今日破了「黄河阵」早回，红尘不可久居。』元始曰：『道兄之言是矣。』命南极仙翁收拾香辇；老子上了板角青牛，燃灯引道，遍地氤氲，异香馥道，满脸红霞。行至『黄河阵』前，玄都大法师大呼曰：『三仙姑快来接驾！』里面一声钟响，三位姑娘出阵，立而不拜。老子曰：『你等不守清规，敢行忤慢！尔师见吾且躬身稽首，你焉敢无状！』碧霄曰：『吾拜截教主，不知有玄都。上不尊，下不敬，礼之常耳。』玄都大法师大喝曰：『这畜生好胆大，出言触犯天颜！快进阵！』三位娘娘转身入阵。老子把牛领进阵来。元始沉香辇也进了阵。白鹤童儿在后，齐进『黄河阵』来。不知三位姑娘性命如何，且听下回分解。

第五十一回　子牙劫营破闻仲

诗曰：

昔日行兵夸首相，今逢时数念应差。
风雷阵设如奔浪，龙虎营排似落花。
纵有『黄河』成个事，其如苍赤更堪嗟。
劝君莫待临龙地，同向灵台玩物华。

话说二位天尊进阵。老子见众门人似醉而未醒，沉沉酣睡，呼吸有鼻息之声。又见八卦台上有四五个五体不全之人，老子叹曰：『可惜千载功行，一旦俱成画饼！』且说琼霄见老子进阵来观望，便放起金蛟剪去。那剪在空中挺折如剪，头交头，尾交尾，落将下来。老子在牛背上看见金蛟剪落下来，把袖口望上一迎，那剪子如芥子落于大海之中，毫无动静。碧霄又把混元金斗祭起；老子把风火蒲团往空中一丢，唤黄巾力士：『将此斗带上玉虚宫去！』三位娘娘大呼曰：『罢了！收吾之宝，岂肯干休！』三位齐下台来，仗剑飞来直取。难道天尊与他动手？老子将乾坤图抖开，命黄巾力士：『将云霄裹去了，压在麒麟崖下！』力士得旨，将图裹去。不题。且言琼霄仗剑而来。元始命白鹤童子把三宝玉如意祭在空中，正中琼霄顶上，打开天灵，一道灵魂往封神台去了。碧霄大呼曰：『道德千年，一旦被你等所伤，诚为枉修功行！』用一口飞剑来取元始天尊，被白鹤童子一如意，把飞剑打落尘埃。元始袖中取一盒，揭开盖，丢起空中，把碧霄连人带鸟装在盒内；不一会化为血水。一道灵魂也往封神台去了。有诗为证：

修道千年岛内成，殷勤日夜炼无明。
无端排下『黄河阵』，气化清风损七情。

话说三位娘娘已绝。菡芝仙同彩云仙子还在八卦台上看二位天尊。元始既破『黄河阵』，众弟子都睡在地上。老子用中指一指，地下雷鸣一声，众弟子猛然惊醒，连杨戬、金木二吒齐齐跃起，拜伏在地。老子乘牛转出，回至篷上。众门人拜毕。元始天尊曰：『今日诸弟子削了顶上三花，消了胸中五气，遭逢劫数，自是难逃。况今姜尚有四九之惊，尔等要往来相佐，再赐尔等纵地金光法，可日行数千里。』又问：『尔等镇洞之宝？』『俱装在混元金斗内。』命：『取来还你等。如今留南极仙翁破「红沙阵」，我同道兄暂回玉虚宫。白鹤童子，陪你师父同回。』须臾返驾。众门人排班送二位天尊回驾。

且说彩云仙子怒气不息，菡芝仙见破了『黄河阵』，退老营来见闻太师，太师已知阵破，玉虚门人都救回去了，心下十分不安，忙具表遣官往朝歌求救；又发火牌，调三山关总兵官邓九公往麾下听用。

且说燃灯在篷上与众道者默坐。南极仙翁打点破『红沙阵』。子牙到九十九日上，来见燃灯，口称：『老师，明日正该破阵。』次日，众仙步行排班，南极仙翁同白鹤童儿至阵前，大呼曰：『吾师来会「红沙阵」主！』张天君从阵里出来，甚是凶恶，跨鹿提剑，杀奔前来。抬头见是南极仙翁，张绍曰：『道兄，你是为善最乐之士，亦非破阵之

流，此阵只怕你：

可惜修就神仙体，若遇红沙顷刻休！』

话说南极仙翁曰：『张绍，你不必多言。此阵今日该是我破。料你也不能久立于阳世。』张天君大怒，纵鹿冲来，把剑往仙翁顶上就劈。旁有白鹤童子将三宝玉如意赴面交还。来往未及数合，张天君掩一剑，望阵中就走。白鹤童子随后跟来。南极仙翁同入阵内。张绍下鹿，上台，把红沙抓了数片，望仙翁打来。南极仙翁将五火七翎扇把红沙一扇，红沙一去，影迹无踪。张天君掇起一斗红沙望下一泼。仙翁把扇子连扇数扇，其沙去无影响。南极仙翁曰：『张绍今日难逃此厄！』张绍欲待逃遁，早被白鹤童子祭起玉如意，正中张绍后心，打翻跌下台来。白鹤童子手起一剑，即时血染衣襟。正是：

未曾破阵先数定，怎脱封神台下来？

且说南极仙翁破了『红沙阵』，白鹤童子见三穴内有人。南极仙翁发一雷，惊动哪吒、雷震子，俱将身一跃，睁开眼看见南极仙翁，知是昆仑山师尊来救护。哪吒急来扶武王，武王已是死了。坐下逍遥马，百日都坏了。燃灯在外面见破了『红沙阵』，子牙催骑入阵，来看武王时，已是死了。子牙哭声不止。燃灯曰：『不妨。前日入阵时，有三道符印护其前后心体；武王该有百日之灾，吾自有处治。』命雷震子背负武王尸骸，放在篷下，用水沐浴。燃灯将一粒丹药用水研化，灌入武王口内。有两个时辰，武王睁眼观看，方知回生。见子牙众门人立于左右，王曰：『孤今日

众道人方才出篷欲去，忽云中子至。

又见相父也！』子牙差左右听用官，送武王回宫。

且说燃灯与众道者曰：『列位道友，贫道今破十阵，与子牙代劳已完，众位各归府。只留广成子，你去桃花岭阻闻仲，不许他进佳梦关；又留赤精子，你去燕山阻闻仲，不许他进五关。二位速去！又留慈航道人在此，以下请回。』众道人方才出篷欲去，忽云中子至。燃灯请上篷，打稽首曰：『列位道兄请了！』众道者曰：『云中子乃福德之仙也，今不犯「黄河阵」，真乃大福之士。』云中子曰：『奉敕炼通天神火柱，绝龙岭等候闻太师。』燃灯曰：『你速去，不可迟。』云中子去了。燃灯把印剑交与子牙。燃灯曰：『我贫道也往绝龙岭，助云中子一臂之力。吾今去也！』止留慈航同子牙在篷子。子牙传令：『把麾下众将调来。』南宫适等齐至篷前，见姜子牙行礼毕，立于两旁。子牙传：『明日开队，与闻太师共决雌雄。』众将得令。不题。

且说闻太师见十绝阵俱破，只等朝歌救兵；又望三山关邓九公来助；与彩云仙子、菡芝仙共议。二仙曰：『不料三仙遭厄，两位师伯下

山，故有今日之挫。把吾截教不如灰草。』闻太师长吁一声。忽听得周营炮响，喊声大震，来报曰：『姜子牙请太师答话。』闻太师大怒曰：『吾不速拿姜尚报仇，誓不俱生！』遂遣邓、辛、张、陶，分于左右；二女仙齐出辕门。太师跨墨麒麟，如烟火而来。子牙曰：『闻太师，你征战三年有余，雌雄未见。你如今再摆十绝阵否？』传令：『把吊着的赵江斩了！』武吉把赵江斩在阵前。闻太师大叫一声，提鞭冲杀过来。有黄天化催开玉麒麟，用两柄银锤挡住闻太师。菡芝仙在辕门，怒从心上起，恶向胆边生，纵步举宝剑，来助闻太师。这壁厢杨戬纵马摇枪，前来敌住了菡芝仙。彩云仙子见杨戬敌住了菡芝仙，仗剑冲杀过来。哪吒大喝一声：『休冲吾阵！』脚蹬风火轮，战住了彩云仙子。邓、辛、张、陶四将齐出。这壁厢武成王黄飞虎、南宫适、武吉、辛甲四将来迎。两家这场大战：

两阵咚咚擂战鼓，五色幡摇飞霞舞，长弓硬弩护辕门，铁壁铜墙齐队伍。太师九云冠上火焰生；黄天化金锁甲上霞光吐。女仙是大海波中戏水龙；杨戬似万仞山前争食虎。搜搜刀举，好似金睛怪兽吐征云；愰愰长枪，一似巨角蛟龙争戏水。鞭来锤架，银花响亮迸寒光；枪去剑迎，玉焰生风飘瑞雪。刀劈甲，甲中刀，如同山前猛虎斗狻猊；枪刺盔，盔中枪，一个深潭玉龙降水兽。使斧的天边皓月皎光辉；使锏的万道长虹飞紫电。使枪的紫气照长空，使刀的庆云离顶上。

有诗为证：

大战一场力不加，亡人死者乱如麻。
只有君王安社稷，不辨贤愚血染沙。

且说子牙大战闻太师。菡芝仙把风袋抖开，一阵黑风卷起。不知慈航道人有定风珠，随取珠将风定住，风不能出。子牙忙祭起打神鞭，正中菡芝仙顶护，打得脑浆迸出，死于非命。一道灵魂往封神台去了。彩云仙子听得阵后有响声，回头看时，早被哪吒一枪，刺中肩甲，倒翻在地；后加一枪，结果了性命。——也往封神台去了。武成王大战张节，黄飞虎枪法如神，大吼一声，把张节一枪刺于马下。一灵也往封神台去了。闻太师力战黄天化，又见折了三人，无心恋战，掩一鞭，暂回老营。止有邓忠、辛环、陶荣三将，见今日又损了张节，四将中少了一人，十分不悦。

且言子牙全胜回兵，慈航作辞回山。子牙进城，升银安殿，传令：『众将用过午饭，上殿听点。』众将领令。子牙进内室，写柬贴，只至午末未初，银安殿上打聚将鼓响，众将上殿，参谒听令。子牙令黄天化领柬贴、令箭；又命哪吒领柬贴、令箭；雷震子也领柬贴、令箭：『你们三路行，只须……如此如此。』子牙令：『黄飞虎等领兵五千冲左哨；南宫适等领兵五千冲右哨。』又令：『金吒、木吒、龙须虎冲辕门；四贤、八俊随于后队接应。辛甲、辛免、太颠、闳夭、祁恭、尹籍领三千人马，大呼曰：「归顺西岐有德之君，坐享安康；扶助成汤无道之主，灭伦绝纪。早归周地，不致身亡！」先散开成汤人马，以孤其势。大功只在今晚可成。』又令：『杨戬领三千人马，先烧彼之粮草。彼军不战自乱。你如烧了粮草，截战后，再往绝龙岭助雷震子成功。』杨戬领令去讫。正是：

挖下战坑擒虎豹，满天张网等蛟龙。

不表子牙前来劫营，且言闻太师损兵折将，在帐中独坐无言。猛然当中神目看见西岐一股杀气直冲中军，太师笑

陶荣躲不及，早被一枪刺于马下。邓忠挡不住，只得败走。

日：『姜尚今日得胜，乘机劫吾大寨。』急令：『邓忠、陶荣在左哨；辛环在右哨；吉立、余庆领长箭手守后营粮草。吾在中军，看谁进辕门！』太师准备夜战。当时天晚，日落西山。将近一鼓时分，子牙把众将调出，四面攻营。人马暗暗到了成汤大辕门，左右有灯笼为号，一声信炮，三军呐喊，鼓声大振，杀声齐起。怎见得这场夜战：

征云笼四野，杀气锁长空。天昏地暗交兵，雾惨云愁厮杀。初时战斗，灯笼火把相迎；次后交攻，剑戟枪刀乱刺。离宫不朗，左右军卒乱奔；坎地无光，前后将兵不正。昏昏沉沉，月朦胧，不辨谁家宇宙；渺渺漫漫，灯惨淡，难分哪个乾坤。征云紧护，拚命士卒往来相持；战鼓忙敲，舍死将军纷纷对敌。东西混战，剑戟交加；南北相持，旌旗掩映。狼烟火炮，似雷声霹雳惊天；虎节龙旂，如闪电翻腾上下。摇旗小校，黄夜里战兢兢；擂鼓儿郎，如履冰俱难措手。周兵勇猛，纣卒奔逃。只见：滔滔流血坑渠满，叠叠横尸数里平。

有诗为证：

劫营功业妙无穷，三路冲营建大功。
只为武王洪福广，名垂青史羡姜公。

话说子牙督前军，冲开了七层围子，呐一声喊，杀进大辕门。闻太师忙上了墨麒麟，提鞭冲来，大呼曰：『姜尚，今番与你定个雌雄！』提鞭来取。子牙仗剑交还。金吒在左，木吒在右，龙须虎发手放出石头打将来，如飞蝗骤雨。成汤军卒如何招架得开，多是着伤。闻太师酣战在中军。黄飞虎杀进左营，有邓忠、陶荣大喝曰：『黄飞虎慢来！』黄家父子兵把二将困在左营。邓忠抖精神，使开板斧，陶荣显本事，双锏忙抡，二将大战在左营。南宫适冲进右营，只见辛环大叫：『南宫适休走！』把肉翅飞起。西岐数将战住辛环。灯球火把，照耀如同白昼。黄昏厮杀，黑夜交兵，惨惨阴风，咚咚战鼓。闻太师正征战之间，子牙祭起打神鞭。闻太师当中神目看见，疾忙躲时，早中左肩臂。龙须虎发石乱打，三军驻扎不定；大队一乱，周兵呐喊，四面围裹上来。闻太师如何抵挡得住。黄飞虎有四子黄天祥等，年少勇猛，势不可挡，展枪如龙摆尾，转换似蟒翻身。陶荣躲不及，早被一枪刺于马下。邓忠挡不住，只得败走。辛环见周兵势甚大，不敢恋战，知锋锐已挫，料不能取胜；又见后营火起，杨戬烧了粮草，军兵一乱，势不可解。只见火焰冲天，金蛇乱舞，周军锣鸣鼓响只杀得鬼哭神号。闻太师大兵已败，又听得周兵四处大叫曰：『西岐圣主，天命维新。纣王无道，陷害万民。你等何不投西岐受享安康！何苦用力而为独夫，自取灭亡！』成汤军士在西岐日久，又见八百诸侯归周者甚众，兵乱不由主将，呐一声喊，走了一半。闻太师有力也无处使，有法也无处用。只见归降者漫散而去，不降者且战且走。且说周兵赶杀成汤败卒，怎见得：

赶上将连衣剥甲，逞着势顺手夺枪。锏敲鼻凹，锤打当胸。锏敲鼻凹，打的眉眼张开；锤打当胸，洞见心肝肺腑。连肩拽背着刀伤，肚腹分崩遭斧剁。锤打的利害，枪刺的无情。着箭的穿袍透铠，遇弹子鼻凹流红。逢叉俱丧魄，遇鞭碎天灵。愁云惨惨黯天关，急急逃兵寻活路。

闻太师兵败，且战且走。辛环飞在空中，保护太师，邓忠催住后队。一夜败有七十余里，至岐山脚下。子牙鸣金收队。正是：

三军踊跃欢声悦，姜相成功奏凯还。

话说闻太师败至岐山，收住败残人马，点视，止三万有余。太师又见折了陶荣，心中闷闷不语。邓忠曰：『太师如今兵回哪里？』闻太师问：『此处往哪里去？』辛环曰：『此处往佳梦关去。』太师道：『就往佳梦关去。』催动人马前进。可怜兵败将亡，其威甚挫，着实没兴。一路上人人叹息，个个吁嗟。人马正行间，只见桃花岭上一道黄幡，幡下有一道人，乃是广成子。闻太师向前问曰：『广成子，你在此有甚么事？』广成子答曰：『特为你，在此等候多时。你今违天逆命，助恶灭仁，致损生灵，害陷忠良，是你自取。我今在此，也不与你为仇，只不许你过桃花岭。任凭你往别处去便罢。』闻太师大怒曰：『吾今不幸，兵败将亡；敢欺吾太甚！』催开墨麒麟，提鞭就打。广成子撤步向前，用宝剑急架相还。未及三五合，广成子取翻天印祭于空中。太师一见，知印利害，拨转麒麟望西便走。

邓忠跟着太师退回。辛环曰：『太师方才怎的怕他，便自退兵？』太师曰：『广成子翻天印，吾等招架不住。若中此印，倘或无生，如何是好！且自避他。只如今不得过此岭，却往哪里去？』邓忠曰：『不若进五关往燕山去。』太师只得调转人马，往燕山大路而来。太师晓行夜住，不一日，人马行至燕山。猛然抬头，见太华山上竖一首黄幡，赤精子立于幡下。太师催麒麟至前。赤精子曰：『来者乃闻太师。你不必往此燕山去。此处非汝行之地。吾奉燃灯命，在此阻你，不许你进五关。原是哪里来，还是哪里去。』太师只气得三尸魂暴躁，七窍内生烟，大呼曰：『赤精子，吾乃是截教门人，总是一道，何得欺吾太甚！我虽兵败，拚得一死，定与你做一场，岂肯擅自干休！』将麒麟一夹，四蹄登开，使开金鞭，神光灿烂。赤精子抖动麻鞋，挥开宝剑，鞭剑相交。未及五七合，赤精子取阴阳镜出来。不知闻太师性命如何，且听下回分解。

第五十二回　绝龙岭闻仲归天

诗曰：

几回奏捷建奇功，纣主荒淫幸女红。
入国已无封谏表，到山应有泪江枫。
岂知魂梦烽烟绝，且听哀猿夜月空。
纵有丹心成往事，年年杜宇泣东风。

话说闻太师见赤精子拿出阴阳镜，把麒麟一磕，跳出圈子外，往燕山下退去。赤精子也不来赶。太师气得面黄气喘，默默无言。辛环曰：『太师，两条路既不容行，不若还往黄花山，进青龙关去罢。』太师沉吟良久，曰：『吾非不能遁回朝歌见天子，再整大兵，以图恢复。只人马累赘，岂可舍此身行。』只得把人马调回，往青龙关大路而行。未及半日，见前边一枝人马驻扎咽喉之处。闻太师传令：『安营，不意前有伏兵。』营不曾安定，只听得一声炮响，两杆红旗展动，哪吒脚踏风火轮，捻火尖枪，大呼曰：『闻太师休想回去！此处乃是你归天之地！』太师大怒，急得三只眼中射出金光，骂曰：『姜尚欺吾太甚！此处埋伏着不堪小辈，欺藐天朝大臣！』提鞭，纵麒麟飞来直取。哪吒火尖枪急架相还。鞭枪并举，一场大战。只见：

阴霾迷四野，冷气逼三阳。这壁厢旌旗耀彩，反令日月无光；那壁厢戈戟腾辉，致使儿郎丧胆。金鞭叱咤闪威

风；神枪出没施妙用。闻太师忠心；三太子赤胆。只杀得空中无鸟过，山内虎狼奔，飞沙走石乾坤黑，播土扬尘宇宙昏。

话说闻太师与邓忠、辛环、吉立、余庆把哪吒裹在垓心。哪吒哪里惧他，使开一条枪，怎见得利害，有赞为证，

赞曰：

枪是邠州铁，炼成一段钢，落在能工手，造成丈八长。刺虎穿胸连树倒，降魔锋利似秋霜，大将逢之翻下马，冲营躐阵士俱亡。展放光芒天地暗，吐吞寒雾日无光。

哪吒抖擞神威，酣战五将，大叫一声，把吉立刺于马下；忙把风火轮登出阵来，取乾坤圈祭在空中，正中邓忠肩甲，翻下鞍鞒，被哪吒复一枪，结果了性命，二道灵魂俱往封神台去了。闻太师见又折了邓忠、吉立二将，十分懊恼，不觉失措，无心恋战，夺路而走。哪吒大杀一阵，截断后面一半人马：『愿降者免死！』众兵齐告曰：『愿归明主。』哪吒得获全胜，回西岐报功。不表。且说闻太师兵败前行，至晚点扎残兵，不足一万余人。太师升帐坐下，愧赧无地。自思曰：『吾自征伐，未尝挫锐。今日西征，致有片甲无存之辱。』辛环在侧曰：『太师且请宽慰，「胜负乃兵家之常」，何必挂心。俟回朝再整大队人马，以复此仇未迟。太师还当自己保重。』次日，起人马望黄花山进发。行至巳牌时候，猛见前面红旗招展，号炮喧天，见一将金甲红袍，坐玉麒麟上，使两柄银锤，刺斜而来，大呼曰：『奉姜丞相令，等候多时！今兵败将亡，眼见独力难支，天命已定。此处不降，更待何时！』闻太师见黄天化阻

住去路，大怒，骂曰：『好反叛逆贼，敢出此言欺吾！』催开墨麒麟，单鞭力战。黄天化鞭锤相架，战在山前。但见：

两阵鸣锣击鼓，三军呐喊摇旗。红幡招展振天雷，画戟轻翻豹尾。这一个舍命冲锋扶社稷；那一个拚生惯战定华夷。不是你生我死不相离，只杀得日月无光天地迷。

话说二人交锋，约有二三十合，有辛环气冲牛斗，余庆怒发冲冠，二将来助太师。黄天化见二将来助战，把玉麒麟跳出阵外就走。余庆不知好歹，随后追来。黄天化挂下双锤，取火龙标回首一标，打下落马而死。一魂进封神台去了。辛环见余庆落马，大叫一声：『吾来了！』肉翅飞来，锤钻往顶上打来，辛环是上三路，黄天化锤是短兵器，招架上三路不好挡抵，把玉麒麟跳出圈子就走。这玉麒麟乃是道德真君坐骑，足有风云，速如飞电。辛环不见机，赶来。被黄天化将攒心钉发出，正中肉翅。辛环在空中吊将下来。闻太师见辛环失利，忙催动残兵，望东南败走。黄天化连胜二阵，也不追赶，领兵回西岐报功去了。且言闻太师见后无袭兵，领人马徐徐而行；又见折了余庆，辛环带伤，太师十分不乐，一路上思前想后。人马行至晚间，有一座高山在前，但见山景凄凉，太师坐下，不觉兜底上心，自己吟诗嗟叹。诗曰：

回首青山两泪垂，三军凄惨更堪悲。
当时只道旋师返，今日方知败卒疲。

可恨天时难预料，堪嗟人事竟何之！
眼前颠倒浑如梦，为国丹心总不移。

话说闻太师作罢诗，神思不宁。三军造饭，辛环整理，次日回兵。将至二更，只听得山顶上响声大振，炮发如雷。闻太师出帐观看，见山上是姜子牙同武王在马上饮酒，左右诸将用手指曰：『山下闻太师败兵在此。』太师听说，性如烈火，上了墨麒麟，提鞭杀上山来。只见一声雷响，一人也不见了。闻太师乃是神目，左右观看，又不见影迹。太师咬牙深恨，立骑寻思。忽然山下一声炮响，人马势如云集，围困山下，只叫：『休走了闻太师！』太师大怒，催骑杀下山来；及自至山下，一军一卒俱无。太师喘息不定，方欲算卜，又见山顶上大炮响，子牙与武王拍手大笑而言曰：『闻太师今日之败，把数年英雄尽丧于此，有何面目再返朝歌！』闻太师厉声大骂：『姬发匹夫，焉敢如此！』纵骑复杀上山来。将至半山凹里，猛然飞起雷震子。好凶恶！怎见得，有诗为证，诗曰：

两翅飞腾起怪风，发红脸靛势如熊。
终南秘授神仙术，辅佐姬周立大功。

闻太师只顾山上，未防山凹里飞起雷震子，一棍照闻太师打来。太师措手不及，叫声：『不好！』将身一闪，让个空。不防那金棍正中墨麒麟后胯上，打得此兽竟为两段。太师跌下地来，随借土遁去了。辛环大呼曰：『雷震子不要走！吾来了！』肉翅飞起，来战雷震子。不防杨戬暗祭哮天犬，一口把辛环的腿咬住了。雷震子一棍，正打着

哪吒火尖枪急架相还。鞭枪并举，一场大战。

辛环顶门，死于非命，也往封神台去了。雷震子获功回西岐去了。且说闻太师失了坐骑，自思：『不好归国。想吾三十万人马西征，大战三年有余，不料失机，止存败残人马数千，致有片甲无存之诮。连吾坐骑俱死，门人、副将俱绝……』又见辛环已死，只影单形。太师落下土遁，默坐沉吟；半晌，迎天叹曰：『天绝成汤！当今失政，致天心不顺，民怨日生。臣空有赤胆忠心，无能回其万一。此岂臣下征伐不用心之罪也！』太师坐到天明，复起身招集败残士卒，迤逦而行。又无粮草，士卒疲敝之甚，俱有饥色。猛然见一村舍，有簇人家。太师沉吟，饥不可行，乃命士卒：『向前去借他一顿饭，你等充饥。』众人向前观看，果然好个所在。怎见得，有赞为证，赞曰：

竹篱密密，茅屋重重。参天野树迎门，曲水溪桥映户。道旁杨柳绿依依，园内花开香馥馥。夕照西沉，处处山林喧鸟雀；晚烟出灶，条条道径转牛羊。正是那：食饱鸡豚眠屋角，醉酣邻叟唱歌来。

话说军士来至庄前，问：『里面有人么？』忽然走出一位老叟，见

是些残败军卒，忙问：『众位至小庄有何公干？』士卒曰：『吾等非是别人，乃是跟成汤闻太师老爷因奉敕伐周，与姜尚交兵，失机而回，借你一饭充饥，后必有补。』那老人听罢，忙道：『快请太师老爷来。』众军士回去，禀太师曰：『前有一老人，专请老爷。』太师只得缓步行至庄前。老人忙倒身下拜，口称：『太师，小民有失迎迓，望乞恕罪。』太师亦以礼相答。老人忙躬身迎请太师里面坐。太师进里面坐下。老人急收拾饭，摆将出来。闻太师用了一餐，方收拾饭与众士卒吃了。歇宿一宵。次日，太师辞老叟，问曰：『你们姓甚么？昨日搅扰你家，久后好来谢你。』老人曰：『小民姓李，名吉。』闻太师吩咐左右记了。离了此间，同些士卒望青龙关大路而来，不觉迷踪失径。太师命军士站住，观看东、南、西、北。忽听林中伐木之声，见一樵人。太师忙令士卒向前问那樵子。士卒向前问曰：『樵子，借问你一声。』樵子弃斧在地，上前躬身，口称：『列位有何事呼唤？』士卒曰：『我等是奉敕征西的，如今要往青龙关去。借问哪条路近些？』樵子用手一指：『往西南上不过十五里，过白鹤墩，乃是青龙关大路。』士卒谢了樵子，来报与闻太师。太师命众人往西行，迤逦望前而走；不知道这樵子乃是杨戬变化的，指闻太师往绝龙岭而来。

且说闻太师行过有二十里，看看至绝龙岭来。好险峻！但见：

巍巍峻岭，崒嵂峰峦。溪深涧陡，石梁桥天生险恶；壁峭崖悬，虎头石长就雄威。奇松怪柏若龙蟠；碧落丹枫如翠盖。云迷雾障，山巅直透九重霄；瀑布奔流，潺湲一泻千百里。真个是鸦雀难飞，漫道是人行避迹。烟岚障目，采

药仙童怕险，荆榛塞野，打柴樵子难行。胡羊野马似穿梭，狡兔山牛如布阵。正是：草迷四野有精灵，奇险惊人多恶兽。

话说闻太师行至绝龙岭，方欲进岭，见山势险峻，心下甚是疑惑。猛抬头，见一道人穿水合道服，认的是终南山玉柱洞云中子。闻太师慌忙上前问曰：『道兄在此何干？』云中子曰：『贫道奉燃灯命，在此候兄多时。此处是绝龙岭，你逢绝地，何不归降？』闻太师大笑曰：『云中子，你把我闻仲当作稚子婴儿。怎言吾逢绝地，以此欺吾。你我莫非五行之术，在道通知。你今如此戏我，看你有何法治我！』云中子曰：『你敢到这个所在来？』太师就行。云中子用手发雷，平地下长出八根通天神火柱，高有三丈余，长圆有丈余，按八卦方位：乾、坎、艮、震、巽、离、坤、兑。闻太师站立当中，大呼曰：『你有何术，用此柱困我？』云中子发手雷鸣，将此柱震开，每一根柱内现出四十九条火龙，烈焰飞腾。闻太师大笑曰：『离地之精，人人会遁；火中之术，个个皆能。此术焉敢欺吾！』掐定避火诀，太师站于里面，怎见得好火，有火赞为证，赞曰：

此火非同凡体，三家会合成功。英雄独占离地，运同九转旋风。炼成通中火柱，内藏数条神龙，口内喷烟吐焰，爪牙动处通红。苦海煮干到底，逢山烧得石空，遇木即成灰烬，逢金化作长虹。燧人初出定位，木里生来无踪。石中电火稀奇宝，三昧金光透九重。在天为日通明帝，在地生烟活编氓，在人五脏为心主，火内玄功大不同。饶君就是神仙体，遇我难逃眼下倾。

话说闻太师掐定避火诀，站于中间，在火内大呼曰：『云中子！你的道术也只如此！吾不久居，我去也！』往上一升，驾遁光欲走。不知云中子预将燃灯道人紫金钵盂磕住，浑如一盖盖定。闻太师哪里得知，往上一冲，把九云烈焰冠撞落尘埃，青丝发俱披下。太师大叫一声，跌将下来。云中子在外面发雷，四处有霹雳之声，火势凶猛。可怜成汤首相，为国捐躯！一道灵魂往封神台来，有清福神祇用百灵幡来引太师。太师忠心不灭，一点真灵借风径至朝歌，来见纣王，申诉其情。此时纣王正在鹿台与妲己饮酒，不觉一阵昏沉，伏几而卧。忽见太师立于旁边，谏曰：『老臣奉敕西征，屡战失利，枉劳无功，今已绝于西土。愿陛下勤修仁政，求贤辅国；毋肆荒淫，浊乱朝政；毋以祖宗社稷为不足重，人言不足信，天命不足畏，力反前愆，庶可挽回。老臣欲再诉深情，恐难进封神台耳。臣去也！』径往封神台来。柏鉴引进其魂，安于台内。且说纣王猛然惊醒曰：『怪哉！异哉！』妲己曰：『陛下有何惊异？』纣王把梦中事说了一遍。妲己曰：『梦由心作。贱妾常闻陛下忧虑闻太师西征，故此有这个警兆。料闻太师岂是失机之士。』纣王曰：『御妻之言是矣。』随时就放下心怀。且说子牙收兵，众门人都来报功。云中子收了神火柱，与燃灯二人回山去。不表。

再讲申公豹知闻太师绝龙岭身亡，深恨子牙；往五岳三山，寻访仙客伐西岐，为闻太师报仇。一日游至夹龙山飞龙洞，跨虎飞来，忽见山崖上一小童儿跳要。中公豹下虎来看，此童儿却是一个矮子：身不过四尺，面如土色。申公豹曰：『那童儿，你是哪家的？』土行孙见一道人叫他，上前施礼曰：『老师哪岛来。』土行孙曰：『老师是截教，是阐教？』申公豹曰：『是阐教。』土行孙曰：『是吾师叔。』申公豹问曰：『你师是谁？你叫甚名字？』土行孙答曰：『我师父是惧留孙。弟子叫做土行孙。』申公豹又问曰：『你学艺多少年了？』土行孙答曰：『学艺百载。』申公豹摇头曰：『我看你不能了道成仙，只好修个人间富贵。』土行孙问曰：『怎样是人间富贵？』申公豹曰：『据我看，你只好披蟒腰玉，受享君王富贵。』土行孙曰：『怎得能够？』申公豹曰：『你肯下山，我修书荐你，咫尺成功。』土行孙曰：『老师指我往哪里去？』申公豹曰：『荐你往三山关邓九公处去，大事可成。』土行孙谢曰：『若得寸进，感恩非浅。』申公豹曰：『你胸中有何本事？』土行孙曰：『弟子善能地行千里。』申公豹曰：『你用个我瞧。』土行孙把身子一扭，即时不见。道人大喜，忽见土行孙往土里钻上来。公豹又曰：『你师父有捆仙绳，你要去带下两根去，也成的功。』土行孙曰：『吾知道了。』土行孙盗了师父惧留孙的捆仙绳，五壶丹药，径往三山关来。

不知胜负如何，且听下回分解。